Cover Illustration by 鈴ノ助

Illustration by 鈴ノ助

Illustration by 鈴ノ助

からくり卍ばーすと

KARAKURI BURST

上

白き狼の閃光

ひとしずくP 著

鈴ノ助 イラスト

PHP

目次

序章　追憶

ドォン——と、耳を劈《つんざ》く轟音《ごうおん》の中、爆発の熱風に吹き飛ばされた鉄屑が、背後から、全力で逃走する自分たち二人を軽々と追い越して飛び散っていく。少しして、辺りから悲鳴があがった。そしてまた、ドォンという爆発音。次いで生まれる、悲鳴。共鳴振動のようなそれは、無機質な破壊音によって、その対極にある生の証《あかし》を極限まで表現しようと奏《かな》でられた音楽のようだ。恐怖で追い詰められた脳が、現実逃避の末の思考拒否なのか、酷く場違いなことを考え出していた。それでも体だけは生の本能に忠実で、足は駆けていくことを止めず、肺は、次々に消費される酸素を取り込み続ける。ふと見上げると、焼け落ちていく屋根から紅蓮《ぐれん》の炎が煌々《こうこう》と燃えあがり、真っ暗な空を紅《あか》く染めていた。

突然、何か固いものが叩き付けられたような強烈な痛みを背中に感じ、蓮《れん》は受け身も取れずに頭から地面に倒れ転んだ。爆風で飛ばされた鉄片が当たったのだろうか。隣を走っていた少女が足を止めて近づき、助け起こしてくれた。再び走ろうと前を見ると、目の前には、先ほどまで背後から自分たちを追いかけていた黒い甲冑《かっちゅう》姿の機械の兵士が、両手に二刀を構え、どこまでも無機質な駆動音を立てて佇《たたず》んでいる。何故、いつの間に、と思う暇もなく、右目に激痛が走った。

痛い、痛い、痛い——!! 焼けるような痛みに、立ち上がったそばから再度膝を突く。二人分の乾いた悲鳴が同時に響《ひび》いた。痛みで途切れそうになる思考をなんとか繋いで右隣を振り向くと、少女も自分と同じように、顔を覆っている。二刀の剣撃のうち、もう一太刀は少女の左目を斬ったのだ。蓮は、再び正面を向き、無事な左の瞳に、恐る恐る眼前の光景を映した。甲冑の機械兵が、今度は自分一人に向かって、ゆっくりと刀を振り上げるのが、スローモーションのように映る。

博士が言っていた。ヒトの持つ二重螺旋《らせん》は、運命という名の解けぬ鎖で編まれているらしい。螺旋の辿《たど》る道は、生まれる前からすでに決まっていて、ヒトは、ただその運命の濁流に身を任せながらぐるぐると流れるしかないのだ、と。だとするなら己《おのれ》の二重螺旋は、おそらく今ここで解けるのだろう。ぼやける視界は、だんだんと近づく甲冑の黒に染められ、そのまま永遠の闇色へと塗りつぶされてしまうのだ。

刹那《せつな》、黒い視界に、鮮《あざ》やかな紅が舞った。背後に蓮を庇《かば》うように立ちはだかった少女が、真っ黒い塊《かたまり》を、その小さな体躯で一身に受け止めている。腹部を貫いた二刀が彼女の背面から覗《のぞ》き、その切っ先からは紅が滴《したた》り落ち、その先で鮮やかな紅池を作っていた。咄嗟《とっさ》に伸ばした左手は虚空で固まったまま、ドサリと、嫌な音が響いた。

◆　◆　◆

もっと良く、この左目がそれを捉《とら》えていれば。もっと速く、この足が動いていれば。もっと冷静に、この思考が回っていれば――目の前の光景は起こらなかったはずなのに。人の欲望は、もっともっとと、どこまでも尽きないものなのだろう。一つ手に入れて満足したそばから、また次へと、貪欲に手を伸ばし続ける。伸ばした手の先に掴める量は、生まれた時から決まっているというのに。定められた量すべてを掴みきれば、最後には、何も残らない。きっと己の手は、もう掴みきった後なのだろう。残ったのは、この手だけだ。また今日も届かない。結末が変わらないとわかりきった夢にさえ、理想を求めてしまうこの手は、いったい何を望んでいるのだろう。

いらないものばかりを掴みながら、本当に欲しいものは、いつもあっけないほど簡単にすり抜けていく。

第一章　白い狼

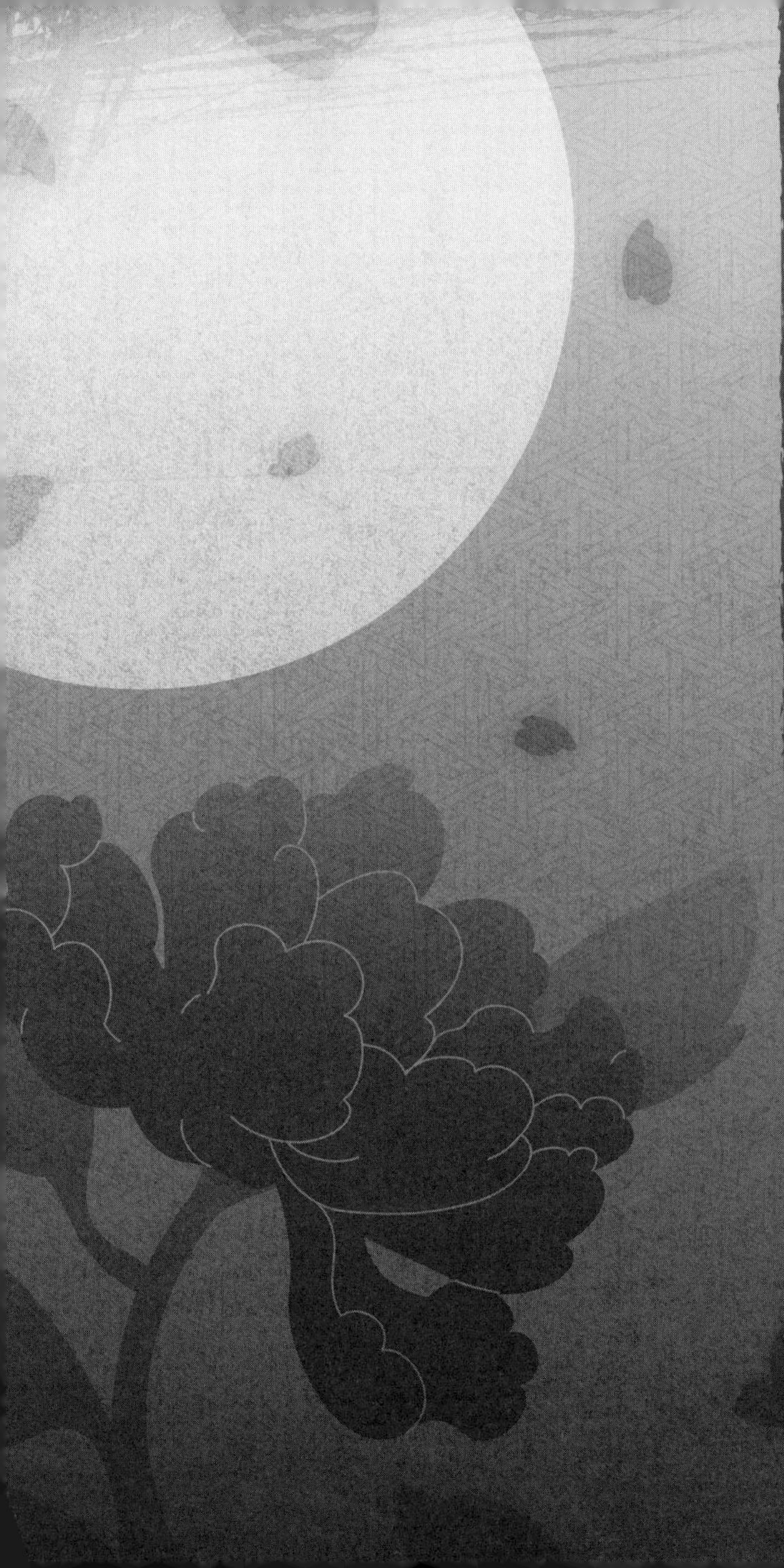

深夜だというのに、どこからか集まった野次馬たちの姿を見下ろしながら、蓮はビルの非常階段を十段飛ばしでするすると登っていく。三十階建てのこのビルなら、一分もあれば屋上まで登り切れるだろうからエレベーターを使う必要はない。昨今の省エネ志向で、深夜の明かりはだいぶ減らされており、遠くにそびえる街並みまでずっと、ほとんど明かりのない真っ暗な闇夜に融け込んでいる。蓮は隻眼《せきがん》ではあるが、夜目もきくし視力・動体視力ともに、仲間たちの中でもかなり良いほうだ。夜間の戦闘でも問題はない。人工的な明かりはないが、今晩は大きな満月が輝いてくれている。だが、長引かせれば部下たちには少しきついかもしれない。

蓮は屋上へと登り切ると、眼下で、隣のビルの入口をぐるりと取り囲んで待機している二十名の部下たちを一人ずつ視界に捉えていく。彼らは、電磁刀を構え、ビルの重厚な玄関口へ向けて警戒態勢を取っている。

日輪銀行本社ビルに、反政府テロ組織・紅椿《べにつばき》の襲撃があったと通報を受けたのがつい二十分前。政府系列の重要施設でもあるこのビルには、よほど大切なものがしまわれているのだろうか、出動要請を受けたのは、白狼《はくろう》の中で最もやり手が揃う第十三番隊だった。

『蓮副隊長に報告します』

無線越しに、地上にいる勇馬《ゆうま》から報告が入る。どうやらビル内部の索敵《さくてき》が終わったようだ。

『今のところ、悲鳴は聞こえてこないですけど、たぶん人質は、十人はいるんじゃないかなと思いますね。正面玄関入ってすぐ、おそらく新型からくりの……聞いたことない嫌な駆動音がしてます。加えて、いつもの銃式・蟹《かに》、刀式の朱鷺《とき》、どっちも居やがりますよ。数は……断定はできませんが、全部で少なくとも五、多くて十。正面突破後、すぐに蟹の射程に入るでしょうから、一気に撃ってくると思います。はぁ、厄介ですね……どうします？』

ビル内部の索敵、地上部隊の指揮を任せていた勇馬が、その並外れた聴力で察知した索敵結果を、辟易《へきえき》した様子を隠そうともしない声色で伝えた。

「……現時点では奴らから、何も要求がない。今回の目的は人質を盾にした交渉ではないだろうな。かといって、いつものようにただ破壊目的というわけでもなさそうだ。目的がわからないなら様子を見るべきかもしれないが、時間稼ぎの可能性もある。最速での解決を図ろう。正面突破後、奴らが人質をどうにかする前に、壊すしかないな。無駄な攻撃をせず、一撃一倒でコアを正確に狙っていこう」

『えぇー……それができたら、やりますけど。蟹ならともかく、あの硬《かた》ったい朱鷺、どう考えても俺の刀で一撃突破は無理ですって。応戦してる間に、絶対気づかれますよ。一撃一倒で片付けてくなら、鳴子《めいこ》さんのバズーカ砲くらいしか』

蓮は最善の戦法を的確に指示を出したつもりだが、勇馬は明らかに不満を滲ませた声で反論してきた。

『鳴子は来ないぞ、勇馬』

勇馬とのやりとりの中に、ここにはいない上司の、極めて冷静な声が割って入った。

『念のため十番隊も出させたようだが、着くのは早くても三十分後だ。それまでに、おまえたちだけで何とかしてくれ。なに、全員で散らばって突入して、照準を眩《くら》ませながら進めばいい。あいつらは、俺たちよりものろまなんだから』

『戒人《かいと》隊長……ですから、そんな芸当が簡単にできるのは、隊長と副隊長だけですって。もー、早く来てくださいよ。……地上部隊、突入します』

『今向かってるところだ。俺が着くまでに、半分、五体くらいは倒しておけよ』

十三番隊の隊長である戒人は、別の仕事が入っていたため、到着が遅れていた。

『蓮、おまえは隣のビルから屋上伝いに回り込め。逃走ルートを確保しているとしたら、おそらく上だろう。ここの地下は繋がってないからな。足止めを頼む。おまえ一人で十分だな？』

「はい。そう言われると思って、もう着いてますよ、隊長」

戒人の微笑を耳の端で捉え、蓮は無線を切った。敵が周到に逃げ道を用意しているのだとしたら、戒人の言うとおり屋上の可能性が高い。そして、それを見越してこちらの人員が上に来ることを予想しているのなら、罠《わな》を張りながらひっそりと、からくり兵が佇んでいることだろう。僅《わず》かな物音も立てないように気をつけて移動し、蓮は事件まっただ中の、隣のビルの屋上へと視線を向けた。

（なんだ……？　女の子……か？）

頭上には大きな満月が昇っているが、雲が掛かってしまい、視界は良好とはいえなかった。時刻はすでに深夜一時を回っている。何故こんなところで、こんな時間に、少女が一人で佇んでいるのだろう。少女は、一見すると死に装束に見間違うような真っ白な着物を羽織り、給水塔の上に腰掛け、子供のように足をぶらぶらと揺らしている。ここが治安の悪い貧民街地区との境界であったなら、おかしいことではないだろう。浮浪者、犯罪者、社会不適合者たちがひしめく貧民街地区でなら、何が起こってもそう驚きはしないが……。

目を凝《こ》らして、注意深く少女の様子を観察する。少女は、その手の中にある紅い花……椿のようなそれを、一心にむしっては、何ごとかを呟《つぶや》いているようだった。

「……す、…………ない、……す、……ない、……」

花、占いか……？

少女はぶつぶつと何かを言っているが、蓮にはぎりぎり聞こえなかった。勇馬ならば、一言一句逃さずにはっきりと聞き取れただろう。蓮は目は良いが、耳は特別強化されていないので、聴力は常人レベルだ。気配を殺しながら、慎重に日輪銀行ビルへと飛び移る。少女は、近づくこちらにはまだ気づいていない。

「……す、……ない、……ろす、……さない……」

風が吹いて、少女の太もも辺りに散っていた花びらがひらりと舞った。彼女の手には、一枚だけが残っている。

「……ころす……」

最後のそれを眼前に掲げ、少女は寂しげにひらめく一枚の花弁をじぃっと見つめている。

「そこで何をしている？」

少女がこちらに気づいて振り向くが、その表情は、月明かりが雲で遮《さえぎ》られた暗い夜空の下では窺えない。薄そうな白い着物の裾が、風に揺れてひらひらとはためいている。

「……花占いだよ。今日はこれから、どうしようかなーって」

「……？」

「いっつも、結果は同じになっちゃうんだけどね」

おかしなことを言う少女だとは思ったが、こんな時間に遊んでもらっていても困る。下で起きている騒動に気づいていないのか、それとも野次馬なのか。はたまた逃げ出した人質か……。警察である自分の姿を見ても、何の反応も示さないとは、日頃から警察の厄介になっている類いの人間、もしくはよほどの世間知らずなのだろう。面倒なのに捕まったかと、蓮は内心で小さく嘆息する。何はともあれ、一般人を戦闘に巻き込むわけにはいかない。本格的な突入作戦が始まる前に、保護しないと。

「ここは危ないから、非常階段から退避して……」

そう言って一歩踏み出した途端、彼女の纏《まと》う空気が変わった。殺気を感じて反射的に横に飛べば、立ち上がった少女が銃を構えて発砲してくる。

「ぐぅっ」

蓮は瞬時に抜刀しようとするが、それよりも少女の銃撃のほうが僅かに速かった。少女の放った銃弾が蓮の右上腕を撃ち抜き、ぶわりと血が噴き出す。蓮は、漏れそうになる呻《うめ》きを、歯を食いしばって必死に堪えた。少女の撃った弾は腕を貫通したようだ。

「血だぁあああ！　あか――い、きれ――、血の色、だーいすき」

流血する蓮を見て、少女は袖口から紅い花を取り出し、先ほどとは違うかなり乱暴な手つきで、花びらを一枚、二枚とむしり始めた。

「でもさあ、まだ足りないよ。もっと紅いほうが綺麗だよね？　ね？」

少女の不穏な言葉が暗闇に溶けていく。蓮は、抜いた刀を負傷していない左手に持ち替えて、すんでのところで軌道を読み、少女の放った銃弾を電磁刀で弾《はじ》き返す。衝撃で、刃先に帯びていた電流が僅かに乱され、ばちばちと音を立てたことに、蓮は驚愕した。

鉄の刃に微弱電流を流して電磁バリアを付帯させ、その威力を大幅に上げた電磁刀。この刀は、この国の最高武力である特殊警察部隊、通称・白狼だけに使用を許された武器だ。武器のランクにもよるが、コンクリートや鋼鉄さえもなんなく切ることができるそれは、ただの鉄弾なら、軌道を読めさえすれば易々《やすやす》と一刀両断できる。いくら今、片手しか使えないとは言え、この刀をもってしても弾くのが精一杯の銃を使っているとはいったいどういうことなのか……一つの最悪な可能性が頭をよぎった。

思考する間も与えないというように、少女は次々と撃ってくる。蓮は、少女の銃撃をかわすのがやっとだ。視界は悪く、少女は、蓮の間合いからは遠い。予断の許さぬ銃捌《さば》きを前に、むやみに近づくこともできない。分厚い雲が晴れてさえくれれば、満月の明かりを頼りに、一気に間合いを詰めることができるのに……この状況下で、刀での応戦は圧倒的に不利だ。

「……あなた、強いねぇ。バースト階級は？」

少女はそう言うと、こちらを窺うような様子で動きを止めた。

「……十三番隊、白狼最強の部隊かぁ……それにその獲物。鞘《さや》にあるの花札シリーズの紋だよね？　幹部以上じゃないと持たせてもらえない最高強度の電磁武器って聞いた気がする……ってことは、あなたのバースト級はA以上、かなぁ？　私の弾を弾くくらいだもんね……ふふっ……らっきぃ〜。こ〜んな大物が引っかかるなんて、今晩はついてるかも〜」

「……」

少女は、この視界の悪い中、蓮が胸元に付けている、ローマ字で十三と描かれた金のバッジと、刀の鞘に描かれた牡丹の紋を見抜いたというのだろうか。蓮が組織の中でも上位の使い手だと悟るや否や、嬉しそうに笑っている。

「バーストはいいよねぇ。普通の人間と違って、いたぶってもすぐには壊れないし」

「おまえは、反政府組織・紅椿の者だな？」

一介の荒くれ者風情では持てない強靱な銃に、白狼の中でもやり手とわかった人間を前にしても、ものともしない好戦的な態度。無法地帯の貧民街を彷徨《さまよ》う無知な少女ではないと、蓮は確信する。

「だったら……どうするの？」

「粛正《しゅくせい》する」

蓮は少女を一睨《にら》みし、足に力を入れて地を蹴ると、一足飛びに距離を詰め、少女の眼前に迫った。その高速移動に、少女は隙《すき》を突かれて狼狽《うろた》えたような表情を見せるが、蓮は構わずにそのまま刀を振りかぶる。少女は咄嗟に銃を両手で持ち、切迫する蓮の太刀を受け止めた。銃弾の威力もそうだが、電磁刀の一太刀をまともに受け止められる装甲の銃とは、いったいどんな素材でできているのか。ガリガリと火花を散らしながら、電磁刀と銃が競《せ》り合った。蓮の戸惑いの色を感じ取ったのか、掲げられた銃の下に、ちらりと見えた少女の口元がにやりと不敵に吊り上がる。

ぶわりと風圧を伴いながら、少女が蓮の腹部を蹴り上げた。蓮は、その予想以上に重い脚撃に呼吸を詰まらせ、体を硬直させた。その隙を逃さないとばかりに、左目の至近距離に銃を突きつけられ視界を奪われる。ガチャリと、撃鉄が倒れる無機質な金属音が聞こえた。

しまった――。

だが少女は、引き金を引くことなく、ぴたりと動きを止めてしまった。刹那の逡巡《しゅんじゅん》。何故動かない、動かなければ、自分が死ぬことになるだけだ。はっとして、先に我に返った蓮は、反射的に、左腕にありったけの力を込めて振り抜き、未だ固まったままの少女の心臓を貫いた。

「うっ……」

小さな呻き声を一つだけ漏らし、ようやく思考を取り戻したらしい少女は、たった今急所を貫かれたとは思えない軽やかな動きで、後方へ飛び退《の》いた。そのあまりにおかしな事態に、蓮は追撃することも忘れ、食い入るようにその様子を眺める。少女はがくりと両膝をつき、俯《うつむ》いたが、心臓からは、あまり血は流れていない。

「いった――――い!! こんなに痛いの、久々だよ……あは……あははははは」

俯いていた顔を上げ、天を仰ぎながら、少女は狂ったように大声を上げて笑い出した。そのおぞましい光景に、蓮は背中に冷や汗が伝っていくのを感じた。いくら「バースト」である自分でも、心臓を貫かれたらさすがに動けない。彼女は普通の人間ではない……かといって、自分たちのような、特殊に肉体を強化された、バースト人種でもないだろう。

「ヒト型からくり……か……」

噂に聞いていた、紅椿の新型兵器。対峙したのは初めてだが、おそらくそうなのだろう。見た目は普通の人間と変わらないように見えるが、機械兵と同じく強固な鉄の体で、人間と同じ思考能力を持つという。人間が操っているのか高精度の人工知能なのか、明確にはわからない。強固な体を、柔軟な人間の思考で制御できるという、機械と人間両方のアドバンテージを取り込んだ、究極の破壊兵器だ。

今こいつをここで放っておけば、今後、間違いなく厄介なことになる。この敵と互角に対峙できるのは、蓮を除けば、戒人くらいのものだろう。

雲間から光が差し込む。蓮は、刀を構えて飛び出した。天を仰ぎ見たまま笑い続けていたからくりが、はたと気づいて、抜刀する蓮を正面から見据えた。振りかぶろうとした刀を、今度はこちらがそれ以上抜けなくなってしまった。


「……凛《りん》？」


月明かりの下、改めて正面からはっきり見たその顔には、懐かしい面影が覗いていた。八年前、蓮の目の前で殺された少女・凛に、目の前のからくりは、酷似している。

「凛、なのか？」

もう一度、目の前のからくりに言葉をかける。そんなはずがないと思いながらも、言葉は勝手に口から滑り落ちた。心臓が忙《せわ》しなく鳴り出し、ずきりと、無いはずの右目に痛みが走る。早く否定してくれと思うのに、彼女は何もしゃべらない。

「り……」

蓮の問いかけに答えることもなく、からくりが、膝をついていた体勢から回し蹴りを繰り出した。それをもろにくらい、受け身も取れないまま、蓮はぶわりと吹き飛ばされ、給水塔の壁に背中から叩きつけられた。

「がはっ…………り、凛」

「はいはい、わかったから〜。もう、そんな言い方しないでよぉ？」

やっと返ってきた言葉は、どこか楽しげな軽い調子で響いた。

「うるっさいな〜〜〜。だ〜から、ちゃんと屋上にいるって！　邪魔な白い犬っころにちょっと……心臓やられちゃってさ。もう最悪ったら」

「……」

からくりは、今まで命のやり取りをしていた蓮の存在など、最初からなかったかのような態度で、どこかに向かって話しかけている。

「え、もう⁉　……わかった、今すぐ行く。下から抜けられたの？　へぇ……相変わらず、仕事が早いことで」

からくりはうんざりとした顔で、一度大きく伸びをしようと腕を上げたが、途中で左胸の負傷に気づいたのか、あいたた、と、さして痛そうでもなく呟き、身を縮こまらせた。そのまま、蓮に背を向けてゆっくりと歩き出す。蓮は、壁にもたれていた体を急いで起こして立ち上がり、その背中に声を掛ける。

「待ってくれ！　おまえは……」

「なにぃ〜？　しつこい男は嫌われるよ〜。もう撤退しなくちゃだから、今晩の遊びはこれで

おしまい。ここは見逃してあげるよ。命拾いしたねぇ」

からくりは振り向きもしないまま、楽しそうに笑った。

「凛ッ!!」

蓮の叫び声に、去って行くからくりの足が止まる。

静寂が恐ろしく感じられた。下から大きな爆発音がして、続いて戦闘中の隊員たちの声、悲鳴、金属同士が激しくぶつかる音が、どこか遠い世界で起きているかのように朧気《おぼろげ》に響いている。

幾ばくの時間が経ったのか。まるで世界に二人だけを残して時間が進んでしまっているように感じる。否定でも肯定でもいい……何でもいいから、答えが欲しい。そうでもなければ、ぐるぐるとひとりでに回り出した思考で、どうにかなってしまいそうだ。撃たれた右腕や打った背中よりも、もうとうの昔に失ったはずの右目が、ずきずきと痛みを増していく。

「……あんた、うざい」

ようやく振り返ったからくりが、にっこりと笑って告げた。その顔が、かつて失った少女の笑顔と、ぴたりと重なる。ざわめき出す雑音の中で、そのからくりの声だけがクリアに響いた。

◆　◆　◆

「……自分からの報告は以上です」

「ご苦労。戻っていいぞ。次は、勇馬を呼んできてくれないか」

「ハッ」

きっちりと揃えた右手をぴしりと帽子の庇に当て、見本のような綺麗な敬礼をして、新入りの部下・青葉《あおば》が踵《きびす》を返す。その初々《ういうい》しさに、ともすれば憂鬱《ゆううつ》な溜息を零してしまいそうになる状況下で、少しばかり心が癒やされるようだ、と戒人は思った。怪我をした体を押して、慌ただしく隊員たちが駆け回る現場は、騒然としていた。十三番隊の少ない人手だけで、轟々と燃え続ける炎の消火作業と、重傷の怪我人の救護、野次馬たちの整理に追われているのだ。なかなか手際よく作業は回っていない。

特殊警察部隊・白狼は、このトーキョーという国家の最高武力であり、隊員は、特殊な手術によって肉体を強化された超人・バーストで構成されている。その強力な武力でもって、一般の警察では手に負えない重犯罪、反政府勢力組織によるテロ・破壊行為に対処し、彼らの排除、掃討を任務としている。零《ゼロ》から十三までの計十四の隊によって構成されており、その数字が大きいほど、所属する隊員の戦闘能力は高くなっている。特に十番隊以上の、通称・二桁隊は、凶悪な犯罪組織……特に近年、活発化している巨大犯罪組織・紅椿との現場戦闘を主要任務としているため、今日のような任務にも駆り出されたのだ。しかし、戦闘能力ばかりを強化されているため、こういった後処理については不得意であった。先刻から、隊員たちは消火用のホースの設置場所を探すのに手間取り、集まっている野次馬たちも一向に減らず、間違った誘導で逆に目立ってしまい、人垣は大きくなっているように見える。

戒人が現場に到着したのは、敵が逃走した直後だった。自分と同じく、遅れて駆けつけた十番隊にはそのまま追跡を任せ、戒人が現場指揮を執《と》ることになったのだが、今回の襲撃は紅椿の新型からくり機械兵が投入されたこともあり、その戦闘被害はいつになく大きい。組織の中でもやり手を集めた十三番隊隊員を二十名派遣し、結果は、新型からくり機械兵十体中、六体を破壊。残りの四体は、主犯の逃走経路確保のために囮《おとり》として自爆破壊。これにより、ビルの低階層は隣接の施設を含めてかなりの被害を受けた。自爆させたからくり機械兵にはいったいどれほどの燃料を積んでいたのか、急ごしらえの消火活動ではなかなか鎮火も進まない。人質は全員無事だったものの、ビル警備についていた警官のうち一人が重体、十三番隊の隊員のうち三人が重傷、それ以外の者も、全員が何かしらの軽傷を負っていた。部下たちによると、新型からくり機械兵が従来の物よりも数段強かったため、手こずったという。新型からくり機械兵出現の脅威に頭を悩ませつつも、今は一刻も早く、この現場を処理しなければならない。だが戒人とて、現場処理というのはあまり得意ではなかった。

「戒人隊長、お疲れさまです！　お呼びでしょうか？」

先ほど呼びつけておいた勇馬が、疲れを帯びた顔色をして小走りに近づいてきた。

「おまえもお疲れさま。遅くなってすまなかったな。だが、よくやってくれた」

戒人が労《ねぎら》いの言葉をかけると、勇馬は嬉しそうに口の端を上げかけたが、すぐに、はっとしたように口を引き結び、眉尻を下げた。

「いえ……。隊長が来るまでに片付けるどころか、敵を逃がしちゃいました。それに、中にいた一般人はなんとか無事でしたが、こっちはいきなりの新型からくり相手に、すぐに対処できなくて、たくさん怪我人が出てるし……」

今回の紅椿による襲撃は、通常の彼らの反政府テロとは何もかもが違った。いつもの彼らの破壊テロ行為は、もっと時間がかかる。彼らはたいてい、襲撃目標を「壊す」ことが目的なので、戦闘も長引くのだ。だから戒人は到着した時、まさかもう戦闘が終わっているとは思わなかった。それくらい、あっという間の出来事だった。

「そう落ち込むな。何も、おまえのせいじゃないだろう」

「奴らの目当てのものも、盗まれちゃいました。政府からなんてお叱りを受けるか、俺……」

「……」

奴らの目当てのもの……紅椿は、ある人物の貸金庫にあったディスクを、銀行員たちを脅《おど》して奪い取ったという。貸金庫の借り主には何十にもセキュリティが掛けられていて、銀行側でも本当の借り主を特定するのが難しいらしい。だが責任者は、どうやら借り主は政府要人なのではないか、と言葉を濁《にご》しながら言った。もちろん、肝心のディスクの中身がどんなものかも、彼らにはわからない。

「そのディスクが誰のものか、どんな情報が入っていたのか調べるのは、俺たちの仕事じゃないし、失敗したことを悔いても仕方のないことだ。政府に任せておこう」

「はい……」

戒人の言葉に、悔しげに顔を歪ませながらも渋々頷いた勇馬は、ふと、何かに気づいて背後を振り返った。つられて戒人も視線を向けると、そこには、新たに応援に駆けつけた二十数名の隊員たちが到着している。それを見た勇馬が、嫌悪感を隠しもせずに言った。

「零番隊が来たみたいっすね」

零番隊……戦闘後処理専門部隊の隊長・拍《はく》が、その病的なほど青白い頬に何の感情も浮かべないまま、同じく無表情で塗り固めたような隊員たちにさっそく指示を出している。血を流したまま消火や近隣の整理をしていた十三番隊員に代わり、彼らはてきぱきと後処理作業を引き継いでいた。その様子を見て、戒人は、ほっと肩を撫で下ろす。時間にしてものの十分足らずだろうが、傷ついたまま慣れない現場処理に四苦八苦する部下を見るのはやはり些《いささ》かつらいものがあったからだ。

「あーあ。また言ってますよ、あいつら。『今回は、死体はないのか？』って」

「はは。まあ、被害状況を把握するのが彼らの仕事だ」

「そうですかね？　俺にはあいつらが、死亡者が出てなくて残念って顔に見えます。全員、漏れなく無表情だけど」

「そう言ってやるな。同じ白狼の仲間だろう？　そういう仕事も、必要なんだよ。我が特殊警察は適材適所だからな」

「でもっ……普段は全然俺たちと打ち解けない、戦闘にも出やしない。なのにこういう時だけ大勢で出てきて、無表情で現場を片付けるだけ……屍肉《しにく》をあさる鴉《からす》みたいで、気味悪いですよ。特にあの隊長」

　これ以上、勇馬を諫《いさ》めても無駄だなと、戒人は密《ひそ》かに嘆息した。零番隊は、この国の『循環』を守るための大切な仕事を専門にやっているのだと言っても、普段のその活動があまり表だって見えないため、他の白狼隊員たちには伝わりづらいのだ。零番隊は他の隊とは違い、戦闘もせず、ただひたすらに、現場の後処理だけを行っている。加えて、隊員たちは皆が一様に、能面でも貼り付けたように無表情、無感動一徹なので、他隊の者たちとは溝があるのだ。戒人とて彼らを嫌っているわけではないが、他の隊員たちがどんなに傷つき、その命を落としたとしても、何の憤《いきどお》りも見せずに坦々と現場を処理していく彼らに少なからず怖じ気を感じている。

そうこうしているうちに、噂の隊員たちの長である拍がゆったりと鷹揚《おうよう》とした足取りで近づいてきた。

「戒人隊長、お疲れさまです」

「相変わらず仕事が早いな、拍。しかし、今回は隊長のおまえ自ら出向いてくるとは……意外だな」

「私も、直接現場に出向くことはあります。同じく十三番隊隊長をお務めのあなたと一緒です。現場の引き継ぎはあらかた終えました。ここからは我々、零番隊の指揮下となりますので、十三番隊の皆様はどうぞ本部にお戻りください。それと、現場到着から紅椿逃走までの経緯を、どなたかに報告していただきたいのですが。できれば、突入時の指揮を執っていた方」

「そうだな。では俺たちはそろそろ引き上げるとしよう。勇馬、拍に報告を」

「……はぁ。わかりましたよ〜っと」

戒人が命じると、勇馬は心底嫌そうに返事をしたが、隊長職の人間に対して不遜《ふそん》とも言えるその悪態にさえ、拍は眉一つ動かさない。まるで興味がないというふうだ。

「じゃあ俺は先に戻るとする。そういえば、蓮はどうした？　さっきから、姿が見えないが」

歩き出そうとして、勇馬に問い掛ける。普段なら真っ先に報告しに来る蓮が、戒人が現場に到着してから未だに姿を見せていないことに気づいた。

「蓮さんならさっきまで、救護の奴らと一緒に、重傷者に付き添って奥にいたはずですけど……あ、あそこ！」

勇馬の指さした方向には、やっと駆けつけた救急隊に運ばれていく重傷隊員を、心配そうに見つめる蓮がいた。自らも右腕から血を流しているというのに、その腕を省みずに負傷者の搬送に手を貸している。声を掛けると、蓮はやっと戒人の存在に気づいたのか、慌てた様子で敬礼をした。

「すみません、隊長。報告に行くのが遅れて……その……」

「ああ。大体の報告は皆から聞いた」

蓮は戒人に向き直りつつも、腹部を大きく切られた重傷の隊員が救急車両に収容されていく様子を、横目でちらちらと心配そうに見つめている。姿が見えなかったのは、大怪我を負った隊員を心配し、責任を感じて付き添っていたからなのだろう。

「おまえも一緒に病院に行けば良かったのに。右腕、大丈夫か？」

「はい。応急で止血はしたので、なんとか。それに、まだ報告が済んでいませんし」

「仕事熱心もいいが、ほどほどにな。右目もやられたのか？　でもおまえ、確か右目は……」

蓮は血を流していた右腕でなく、何故か眼帯の上から右目の辺りを押さえていた。

「あ、怪我はしてません。ただ、ちょっと奥のほうが痛くなって……気にしないでください」

「そうか。しかしまさか、おまえが銃撃を受けるとは、久々に大物でも引いたか？　報告と言っても、また明日でもいいんだから、早く帰還して手当てを……」

「……」

「……どうした？」

「……」

蓮は、戒人から視線を外《はず》し、急に黙り込んでしまった。いつも、絵に描いたような優等生のごとく歯切れ良く受け答えをする蓮の、こんな様子は珍しい。蓮は、しばらく何事かを考え込んだ後、意を決したように口を開いた。

「戦闘の報告ですが……俺は一人で、隣のビル伝いに屋上へ向かいました。ですが、やはり敵もそれを読んでいたようで……銀行ビルの屋上にも、あちらの見張りがいました」

「やはりそうだったか。それで戦闘に？」

「はい。向こうの銃は、こちらの刀で弾き返すのもやっとの、強力な銃弾でした。その装甲も、接近戦に持ち込んで本体ごと斬ろうとしたのに、傷すら付けられなかったんです」

「花札シリーズの電磁刀でも斬れない銃か……まあ、おまえの牡丹は最軽量だから威力は軽めとはいえ、からくり機械兵を真っ二つにするくらいの力はある。それで傷一つ付かないとは恐ろしい強度だな。弾も普通のものじゃないな。防護隊服を軽々と突き破るとは……。それに何より、おまえに一撃当てるなんて……いったいどんな……まさか！」

「……はい。おそらく、あれがヒト型からくり……」

巨大犯罪組織紅椿所有の最強兵器、ヒト型からくり。つい半年ほど前から出没するようになった紅椿の新兵器は、すでに白狼にも甚大な被害を及ぼしていた。今まで使用されていたからくり機械兵とは異なり、見た目は普通の人間と変わりないため、公衆のど真ん中にさえ軽々と潜り込み、突発的にテロ事件を起こしている。人の形をしているからといって、攻撃力が従来のからくり機械兵よりも劣るかというとそうではなく、プログラムどおりに動く機械とは違い、臨機応変に人間のような思考で的確に、攻撃力も損《そこ》なわずに動く。出動要請を受けて現場に向かえば、一面、破壊し尽くされ、そのまま人混みに紛れて逃走されている場合がほとんどで、遭遇すること自体が少ない。現に戒人は、話に聞いているだけで対峙したことはなく、蓮も今回の遭遇が初めてだった。

「なるほど、な……。俺たちの隊が遭遇したのは、これが初めてか。先日の十一番隊の報告だと、襲撃で無事だったのは半分もいないと聞いたが。それがヒト型からくりである証拠はあるか？　黒龍のように、バーストである可能性も」

「隙を見て心臓に一撃入れましたが、それすら効きませんでした。少量の血を流しながら……笑ってました」

蓮はおもむろに、ポケットから何かを取り出してみせる。血で濡れた、数枚の紅い花弁。戒人は、先の会議で十一番隊が報告していたヒト型からくりの特徴を思い出した。

「【椿】か」

コードネーム【椿】。そのヒト型からくりがやったであろう破壊被害は凄惨で、現場には必ずといっていいほど、この紅い椿の花弁が残されていると聞いている。ヒト型からくり、特に椿との戦闘では軒並み死傷者が出ていた。未だ情報は少ないが、現状で最も危険な敵であることには間違いない。

「今回、死人が出なかったのは運が良かったのか。おまえじゃない奴があたっていたら、ひとたまりもなかっただろう」

「……はい」

蓮は、浮かない表情をしながら、手の中の椿の花弁をぼんやりと見つめていた。先程から、蓮はこちらを見ているようで、その瞳は何を見るともなく虚《うつ》ろに彷徨っているように見える。

「蓮、おまえ、何か様子が」

「すみません……今日はちょっと疲れたみたいで……」

「……わかった。帰ったらゆっくり休めよ」

戒人の言葉を遮る勢いで、蓮は辞去の言葉を手短に残し、律儀に敬礼をして踵を返した。戒人は、その常とは異なる彼の様子に違和感を覚えながらも、何も問いただせぬまま、ただその背を見送った。

◆
◆
◆

「……つまりまとめると、政府も三番隊も、現状で盗まれたディスクの持ち主を特定できていないということですね？」

「結果的に見れば、まあ……そういうことに、なりますが……」

会議の司会進行役を任されている流風《るか》の質問に、三番隊隊長の入江《いりえ》が、言葉を詰まらせながら答える。三週間前、日輪銀行襲撃テロ事件で紅椿に盗まれた「謎のディスク」については、そのディスクがしまわれていた貸金庫の借り主、ディスクの中身ともに、未だに捜査中であるらしい。政府の諜報機関が中心となって、白狼の諜報専門部隊である三番隊と協力して全力で調査しているらしいが、進展はないという。

「わかりました。では皆様も、認識を同じくしてください。三週間前から、現状は少しも変わらず、成果なし、と。では、次の議題へ移りましょう」

「なッ……」

流風が、長い桃色の髪の毛を掻き上げ、いつになく鬱々《うつうつ》とした表情で、長々と続いていた入江の弁解をばっさりと斬って捨てた。それと同時に、大会議室の簡易ステージに設置された巨大なスクリーンの映像が、次の議題に関するものへと切り替わった。「成果なし」という直球な表現に、流風の斜向かいの席から報告を述べていた入江が、その分厚い眼鏡の奥で、悔しそうに目をつり上げながら彼女を睨んでいる。だが視線の先の流風は、そんなことは露とも気にしていないような無関心さで、坦々と手元の操作端末を動かしていた。この一連の流れはよく見る光景だが、やはり今日も戒人は少しだけ入江に同情し、ゆっくりと視線を逸《そ》らす。

月に一度の定例会議は、いつになく白熱していた。白狼のブレーンといわれる作戦立案部隊、第九番隊隊長・流風の司会進行で行われるこの会議には、総隊長である令恩《れおん》と、零～十三までの各隊の隊長十四名の、全十五名が参加している。議題は、前回の会議から一ヶ月の間に起きた様々な凶悪事件、テロ、その内容と結果報告、テロリストたちへの対策、戦力強化対策などが中心だ。

白狼の殲滅《せんめつ》対象である反政府組織の中でも、近年特に強力な武力を獲得し、力を付けてきた犯罪組織・紅椿。彼らはからくり機械兵という、簡易人工知能を搭載した強力な殺戮兵器を量産し、たった数年で爆発的に勢力を拡大し続けてきた。もうずっと、からくり機械兵は紅椿の主戦力だったのだが、ここ半年の間に、それを上回る新たな脅威が出現した。それは、一見すると普通の人間と変わらない見た目をした機械兵器。犯罪者識別コード・ヒト型からくりと命名されたそれは、今までのからくり機械兵よりも数段厄介で危険な敵だった。

「戒人隊長、日輪銀行襲撃事件で遭遇した、新型からくり機械兵、そしてヒト型からくりについての報告をお願いします」

流風に促され、戒人は椅子から立ち上がった。

「俺が現場に到着した時には、すべてのからくりが破壊された後だったので、この報告は、実際に戦闘をした部下たちの証言をもとにして行います。今までに確認されていたからくり機械兵の型式は、刃物武器装備、高機動、近距離戦闘特化型の刀式・甲冑に朱鷺。そして、重火器装備、低機動、遠距離戦闘特化型の銃式・蟹の三種でした。甲冑は、朱鷺のさらに旧式でしょう。最近ではあまり見かけなくなったので、大体は朱鷺と蟹の二種との戦闘でした。そして、この二種のそれぞれのメリットを受け継いだ形が、新型です。事前に通知はしていましたが、改めてご説明します」

戒人の言葉を受け、スクリーンには、戦闘中に映像記録を取った新型からくり機械兵、狐の形をしたそれが映し出される。

「新型……仮に両式・狐と付けましょう。これは刃物武器と重火器、どちらも装備しています。重火器の搭載数は蟹に比べれば減っているようですが、それで軽量化に成功したのでしょう、本体の機動は蟹よりも格段に速くなっています。加えて、近接戦対応の朱鷺に搭載されているような、刀や槍、鎖鎌なども備えています。万が一、銃砲撃で敵を駆逐できずに接近を許したとしても、機動を上げて刃物も装備していれば、近接戦闘も優位に可能。一体で、攻守を一手にできるように改良されたというのが、俺の見解です」

戒人の説明を、各隊長たちは神妙な面持ちで聞いている。ただでさえ強敵であったからくり機械兵がさらに進化したというのだから、戸惑うのは当然だろう。戒人は、彼らの顔を今からさらに深刻にさせるのだと思うと、些か憂鬱になった。

「次に、ヒト型からくり……椿との戦闘についてですが、これも、俺は直接戦闘をしていないので、交戦した副隊長・蓮の報告から述べます。蓮と一対一での戦闘で、力はほぼ互角か、それ以上。正確な戦力測定については、戦闘場所など条件によって多少変わるとは思いますが、おそらく、役職のない隊員が相手をするのは難しいだろうとの意見です。最低でも、A級バースト以上でないと、厳しいだろうと。蓮は右腕を撃たれ負傷、その後、隙を突いて心臓に一撃を入れましたが、致命傷には至らぬどころか、反応を見るに、軽傷程度だと判断。その後、逃あの蓮が負傷……たった一体の敵相手に、だと……!?」
「報告書では見ていたが、本当なのか……？
走されました」

戒人の説明に、隊長たちは沈黙を破り、顔色を青くしてざわめき出した。白狼のエースと名高いS級バーストの蓮が、一対一で倒せない敵に遭遇したという事実に、皆が驚きおののいている。まだ明確な数が確認されていないヒト型からくりが、今後大量投入されてしまったらと思うと、確かに気が気ではないだろう。ここにいる、戒人を除いた全隊長たちよりも、蓮のほうが強いのだ。彼らももし一対一で遭遇した場合、苦戦を免《まぬが》れないだろう。

「ヒト型からくり……そこまでの脅威だとはな。おそらく、今後最も厄介な相手になるぞ。もはや我々も、待ったを掛けてはいられなくなりそうだ。国民感情の説得については政府に任せるとして、先だって早急に戦力強化を図ろう。反政府組織に敗北し、政権転覆……いつ、またあの大規模内戦が起きるかわからない。それを食い止めるのが白狼……我々バーストの、存在価値だ」

一番豪奢な椅子に腰掛け、今まで隊長たちの話を黙って聞いていた総隊長の令恩が、低く憂いを含んだ声で言った。確かに彼の言うように、今この国は、ほんの束《つか》の間の平和を維持しているにすぎない。

今から二百年前、第三次世界大戦の勃発後、世界各地が焦土化、汚染され、地表では住める場所がほとんど失われてしまった。巨大な超電磁バリアシステムによるシェルターを発動し、奇跡的に戦火を逃れ汚染されずに残った都市・トーキョー。一瞬のうちに、閉塞してしまった世界。限られた土地で生き残った人々は、すぐに燃料、資材、食料、あらゆる不足に陥った。飢餓と貧困にあえいだ人々は、幾多の派閥を作りながら内戦や暴動を起こし、その数を激減させる。大戦から僅か五十年で、一千万人以上いたはずのトーキョーの人口は百万人にまで減少した。

そうして人々が争いに疲れ果てた頃、時の政治指導者であった神威《かむい》一族が、五十年続いた内戦を鎮圧し、残された人々と最後の楽園・トーキョーを守るべく、新たな循環社会システムを提唱した。それは、かつて鎖国を敷きながら政権の長期安定化を成し遂げた江戸時代にならい、閉塞都市トーキョーの社会システム、生活文化を、かの時代に似せようという試みであった。政権は、閉ざされた都市を、一つの要塞国家として作り直すために、すべてを壊し、一から文化・社会を創ろうと動いた。

自動車・電車など、狭い土地に不必要な交通手段は、最低限を残して、撤廃。そこから回収された資源はすべて、ライフラインの整備に回され、トーキョー国内全域に、一元化された「電気エネルギー循環システム」のパイプラインが配備された。また、破棄された高層ビルや交通網は新地《さらち》となった後、生産プラントや放牧地など、食料の生産地に生まれ変わる。電気エネルギーは循環システムの構築により、ほぼ百パーセントリサイクルされるようになり、ようやく安定したエネルギー循環を得た人々は、さらに高度な機械技術を発展させてきた。その後百年の間、ハイテク機械化と高度なリサイクル技術により、社会は再び平和な循環を享受していた。

だが、人々が快適な暮らしを得た平和な世界で、今度はバイオテクノロジーの飛躍的進化により人間の寿命延長・病気克服が加速し、一度激減した人口は徐々に増え続け、その限られた土地と資源をまたしても圧迫しはじめてしまう。再び、国家人口が一千万人に近づいた頃から、トーキョーはその社会循環機能を失うこととなった。人口増加によって引き起こされる、貧民・生活困窮者の増大、慢性的資源不足などの諸問題が、国民の不満を増長させ、政府の権力は徐々に弱まり、またかつての第三次世界大戦後のように、治安が乱れ、犯罪や反政府活動が日常化するようになった。

再び迎えた混迷の時代は、今からさほど遠くない昔、二、三十年前のことだ。政権は穏健派と強硬派に分離し、今まで主権を握っていた穏健派に対し、野党勢力であった強硬派が、正義の下に武力を伴う強い政府を掲げて、穏健派と真っ向から対峙した。深刻な治安の悪化と内戦の激化に対処すべく、強硬派は特殊警察部隊・白狼を結成し、彼らに強力な武器を持たせて、反政府軍の内乱・暴動を鎮《しず》めていく。だが、戦いは一向に収束する気配のないまま激化していた。

そんな中、鏡音《かがみね》博士という一人の天才科学者によって「バースト技術」という、ヒト人工進化技術が作られた。普通のヒトの細胞は、本来備わっているその潜在能力の一割程度しか使われていないという。博士は、一生涯の間使われずに眠っているはずの細胞の潜在能力を、手術によって大幅に引き出し、超人を作り出す術を開発したのだ。

彼の考案したこのバースト技術によって、肉体を後天的に強化された超人たちは、バーストと呼ばれた。実験的に生み出されたバーストたちは、白狼隊員となり、激化する内戦に投入されると、その驚異的な戦闘力で、次々と反政府戦力を沈めていった。圧倒的な力に畏敬《いけい》を抱かれながら、バーストたちは次々と起きる暴動を、少数精鋭で鎮圧していく。バースト実験開始から約二十年の間に、多くのバーストたちが生み出され、政府の武力として働いた。この間の内戦は、後にバースト革命戦争と呼ばれるようになった。

革命戦争により、内戦を鎮圧し勝利を収めた政府の強硬派は、穏健派から政権を勝ち取り、一党独裁の新政権を樹立、それが現在まで続いている。新政権は、強い政府による統治を目指し、高度な機械化と、バースト技術という、人工ヒト進化技術のさらなる発展・応用によって、人口増加・貧困問題の解決、治安の改善に結びつけ新たな循環社会を取り戻そうというテーゼを掲げている。白狼隊員は皆、その政権が下す「正義」を守るための手足として、日夜命を賭して働いているが、なんとか反政府テロ組織の活動を鎮圧するのが精一杯であるというのが現状だった。令恩の言うように、白狼の武力強化は、今最も速やかに対策すべき課題だろう。特に危険な、あの紅椿のヒト型からくりが、大規模な活動を始める前に。

「紅椿の成り立ちは数十年前にも遡《さかのぼ》り、資金の潤《うるお》う企業や政府関連施設、人通りの多い場所を無差別に狙って破壊、資材や金品強奪行動がメインの犯罪組織でした。ですがここ数年で、政府の施設を直接狙うことが多くなってきています。特に戦力強化については、あの初音《はつね》という科学者の加入が関係しています。位置づけとしては、もう最重要殲滅対象組織として、戦争の準備を始めるくらいの心づもりでいたほうがよさそうですね」

令恩の言葉を受けて、流風は近況を客観的に鑑《かんが》みて、今後の対策方針をまとめた。隊長たちは異議を唱える者もなく、一様に頷いている。

「でも本当、この鋼鉄不足の状況下で、なんであんな鉄の塊みたいなからくり機械兵を量産消費できるのかしら。政府から優先的に資源を貰える私たちですら、電磁刀メインで、弾使い捨ての銃装備はそうそう作れないっていうのに。いったい、どこからその資源が来てるのかしらね。流風、あんたたちの部隊でずっと調べてるって言ってたけど、予測はついてないの？」

七番隊隊長の鳴子が、ふと思った純粋な疑問を投げかけるように軽い調子で呟いた。流風は作戦を立案する九番隊隊長、いわばこの組織のブレーンともいえる存在だ。隊員たちは皆、戦闘力もそれなりに高いが、何よりも頭のきれる者が多い。小さな事件を一つずつ紐解きながら、大きな戦局の流れを見極め、未来を先読みし、隊長たちの采配をサポートするのが彼女たちの務めだ。だが、いくら彼女たちが頑張っても、紅椿の戦力資源調達の謎は、ここ数年ずっと不明のままであり、諜報部隊の持ち帰る情報の中にも糸口さえ見つけられない状態が続いていた。

「……はぁ。そんなに簡単に言わないでくれるかしら？　それがわかってたら、今頃あなたの電磁バズーカ砲だって、弾数制限のないリッチな仕様で使い放題よ」

暗に流風の隊の仕事ぶりを揶揄《やゆ》しているような、鳴子の悪意はないだろう指摘に、流風は不快感を滲ませて、先程までとは打って変わって砕けた口調で答えた。

「同じテロ組織同士、黒龍《こくりゅう》とつるんでるって線はないの？」

「ないわね。もしそうなったら、黒龍もからくり兵器をとっくに使ってるはずだし、そもそも黒龍がそんな資源をどこから持ってくるのっていうことになって、結局は堂々巡りじゃない。それに、彼らが手を組むなんて厄介なことにならないように、未然に防ぐのも私たちの仕事よ」

反政府組織・黒龍は、紅椿とはまた異なる特色を持つ反政府活動勢力である。その構成員は活動時、全身を揃いの黒いローブで包み、面で顔を隠している。十年前のバースト革命戦争終結以降、白狼の主たる排除対象が紅椿にシフトするようになってからは、黒龍による大規模な破壊工作活動は減少傾向にはあるが、彼らの幹部には政府の管理から逃れたバーストが紛れているため、油断のできない敵であった。彼らは、大規模破壊行為ではなく、権力のある特定の個人や企業を狙うパターンが多いので、権力者たちからは、紅椿よりも恐れられているとも聞く。

「万が一、紅椿と黒龍が手を組んで仕掛けてきたとしたら非常に厄介ではあるが……それは一端、置いておこう。当面の課題は、紅椿、そしてヒト型からくりだ」

総隊長の威厳を漂わせながら、令恩が貫禄のある声音で状況をまとめた。紅椿はいくつも拠点を持ちながら、それを常に移動している。アジトとおぼしき施設を発見し、奇襲に踏み込んだ途端、建物ごと爆破された例が過去にも何度かある。うかつには近づけないため、戦いはどうしても白狼側が後手に回ってしまっていた。その間に、彼らは着々と戦力を整えていたのだ。

「なんとしてでも、現政権の長期的安定。そして、人類の希望……バースト技術の未来を守らなければならない。治安を脅《おびや》かす紅椿を殲滅し、未だバーストではない、弱い人々の命を守るのが俺たちの仕事だ。強くなければ話にならん。半年前から出現した奴らに、今の今まで、何の打開策も講じてこなかったのはわかったが、このまま殲滅作戦を練ったところで、わざわざ死ににいくようなもんだぞ」

低い声で紡ぎ出された総隊長の言葉に、広い会議室内の空気が一瞬でぴりと張り詰め、しんと静まり返った。怒気を含みながら放たれた言葉は、現状では敵の足下にも及ばないほど弱いとなじられているようなものだ。戒人はあまり叱責を気にするほうではないが、それでも、身のうちで、己の不甲斐なさに憤り、悔しさを覚えた。他の隊長たちも、普段は自分たちのことを卑下したりしない総隊長の本気を滲ませた言葉を受け、悔しさを堪《こら》えるように口を噤《つぐ》んでいる。

「令恩総隊長。バーストラボから提案されている、我々の新しい強化策について、早急に進めてみてはいかがでしょう？」

流風が、緊張で張り詰めた空気の中、打開案を投げ掛けた。

「……そうだな。所長には俺から言っておこう。おまえたちは、それぞれの担当研究員と相談して、具体的な案を煮詰めてこい」

「よーし！　肉体強化をするなら、武器の改良も必要よね。もっと破壊力を上げてかないと」

鳴子が楽しそうに声を上げた。令恩の叱責は、些か脳天気なところのある鳴子にはあまり堪えていないようだ。先刻は、彼女が悔しそうな顔をしていたのを見た気がするが、もう前向きに気持ちを切り替えているのだとしたら、なんと逞《たくま》しい精神力なのだろうと、戒人は人知れず感嘆した。それと同時に、嫌な予感がしてちらりと流風を見やる。予感は的中したようで、三番隊隊長に睨まれても何一つ動じなかった流風は、剣呑《けんのん》な目つきで鳴子を見ていた。

「あなたたちの隊は、ちょっと武器の扱いが荒すぎるのでは？　他隊に比べて破損報告が多いわ。武器も防具も、タダじゃないのよ。大体、七番隊はバーストラボの警備がメインだっていうのに、どうして他隊の仕事にまで首を突っ込んでくるのかしら？」

どうやら流風は、鳴子の軽率な発言が気に触ったようだ。確かに、鳴子の部隊が出動すると、現場の破壊率は三割くらい上がっているような気もする。

「形あるものはいずれ壊れるって言うでしょ。確かに武器はすぐ壊れちゃうけど、その分、ちゃーんと戦果を上げてるんだから、いいじゃない！　それに、本部待機の時に応援要請を受けて駆けつけるのは当たり前のことよ。いつもラボの警備ばっかりじゃ、体が鈍ってしょうがないし、たまの出動でちょっとやる気が空回りしちゃうくらい、大目に見て欲しいもんだわ」

「現場を必要以上に引っかき回している自覚があるのなら、わざわざあなたが出なくても、他隊に任せればいいでしょう？　壊すより前に、もっと部下の教育をしっかりすべきだと思うわ」

「強い人間が行ったほうが、現場も助かるに決まってるじゃないの！　うちの隊員は皆強いし、仲間たちが困っていたら見て見ぬふりなんて、できるわけない。武器よりも、命が大事でしょ？」

「その武器がなければ、満足に戦えないってこともわからないのかしら？　可哀相な人ね」

「はぁ～？　どこかの誰かさんみたいに、対策室に引きこもってばかりで、市民や仲間を助けに出られないほうが、全然、可哀相！　あ、でもこんなにたくさん仲間がいる中で、わざわざ流風に助けを求めようなんて、私なら思わないけど？」

「……なんですって？」

「なによ、やる気？」

蔑《さげす》むような目をして睨み付ける流風に、今にも殴りかかりそうな勢いで拳《こぶし》を握る鳴子。目の前で繰り広げられた苛烈《かれつ》な舌戦《ぜっせん》を、ある者は、やれやれと呆れたように、またある者は、萎縮《いしゅく》したように怯《おび》えながら見ていた。何かにつけてすぐに喧嘩を始めるこの二人を止めるのは、何故かいつも戒人の役目だ。

「ま、まぁまぁ、鳴子も、流風も、二人とも立場は違えど、よく頑張っていると思うけど」

「「あんた（あなた）は黙ってて!!」」

鳴子と流風の喧嘩を止めに入った戒人は、二人の剣幕に軽く萎縮してしまった。その迫力にはもう慣れたものだが、それでもやはり怖いと感じてしまうのは本能的なものなのだろうか。張り詰めていた場は、二人の女性の個人的な問題へと脱線したことによって、いつの間にかほぐされてしまったようだ。戒人は、大きく溜息をつく令恩と目が合い、釣られて嘆息しながら、壁の時計を見る。もうタイムアップだ。

◆　◆　◆

途中で鳴子と流風の諍《いさか》いが入り、些か締まらない空気を残しつつも、会議は無事に終わりを告げた。隊長たちが各々の仕事に戻っていくのを見送ると、最後に残っていた令恩に肩を叩かれる。

「お疲れ。どうだ、最近の調子は？　なんかおまえ、疲れた顔してるぞ」

疲れた時にはこれが効くぞ、と言ってポケットを漁《あさ》り飴玉を差し出す令恩の様子に、頬が緩む。会議の場以外で令恩とこうして話すのは久しぶりだ。

「そうですか？　怖い総隊長に叱られて、気分が落ち込んでしまったんですかね」

「お、おまえ！　はぁ……悪かったな。そりゃ、俺だって、かわいい隊員たちに飴ばかり配ってはいられないだろう。過保護にして、虫歯になられでもしたら敵《かな》わん。たまには鞭《むち》を打つ時もあるさ。白狼の大事な牙を、ちゃーんと磨けってな」

「はは、冗談ですよ。久しぶりに、ああして叱ってもらえて、皆も気合いが入ったでしょう。それに、今は俺の隊長ではなく、総隊長なんですから、俺たちを見る目も変わって当然でしょう？」

「……」

かつて、十三番隊の隊長として、新人の戒人に白狼隊員としてのいろはのいから教えてくれた気の置けない師は、今ではすっかり総隊長の椅子に馴染《なじ》んで、その貫禄を見せつけている。

以前のような、気さくな繋がりはなくなってしまったことを、寂しくないと言えば嘘になるが、総隊長というのは、何も白狼隊員だけのことを考えていればいい役職ではない。白狼を使役する上役、政府の要人たちとの足並みも揃えていかなければならない立場だ。

「今はあまり現場に出られなくなって、俺も寂しいがな。おまえたちのことを、信用して任せているんだ」

「ありがとうございます」

「戒人、おまえの隊は……ヒト型からくりの対策を第一として、隊員の強化はそこにフォーカスして進めておけ」

「もとより、そのつもりです。あの蓮が怪我を負わされた……隊員たちの間でも、かなりの衝撃だったみたいで。言われずとも、自主的に鍛錬に取り組んでる奴も多いですよ」

「それは頼もしいな。まあ、白狼最強部隊の名に傷が付かないよう、精進するよう隊員どもに言っておけ。おまえも、人ごとじゃないぞ？」

「はは……」

「あとな……ここだけの話だが……」

そう言って、令恩はぐるりと広い会議室を見回した。すでに、自分たち以外誰もおらず、がらんとしている。

「政府の内部に、紅椿と癒着関係にある内通者がいると、上からお達しが来た。おそらくは、相当に力のある政治家だろうってな」

「……あの貸金庫が狙われたことと、繋がりがあると？　もしそれが誰かわかれば、そこから紅椿の有力情報が辿れるかもしれませんね」

「ああ。こんなに探してるのに尻尾さえ掴ませないとは、いったいどこに隠れているのやら」

「……」

「そういうわけだ。近く、上にも呼び出されるかもしれないが、そん時はおまえも一緒に来い」

「わかりました」

なかなか実態が掴めない紅椿、その驚異的な新戦力・ヒト型からくり。奴らの目的はいったい何だというのだろう。

「美紅《みく》……」

十三年前。バースト手術用のカプセルを前に、緊張と恐怖で萎縮する戒人の手を強く握り、日だまりのような笑顔を向けて励ましてくれたのは彼女だった。

（大丈夫、手術は必ず成功する。強くなって、弱い者たちを、この国の未来を守ろう。私と一緒に……）

あの日、確かに繋いだはずの手は、いつの間にか解かれてしまったままだ。

◆　◆　◆

自然光の射さない部屋の中には、大小数百のモニターから放たれる青白い光だけが煌々《こうこう》と灯っている。コンピュータは二十四時間、休みなく稼働しているため、この部屋でわざわざ照明を使う必要などないくらいに明るい。無数の機械がそこかしこに転がり、壁にはモニター、床は配線が敷き詰められている。鉄の匂いが充満し、窓もないこの部屋では、さっそく人間らしい生活などというものはできないが、美紅はこの新しい部屋をとても気に入っていた。前のアジトから移ってきてまだ日は浅いが、地上からの音漏れもなく、何よりも、地下にしては湿気が少ないところがいい。機械のメンテナンス環境は、以前に比べてだいぶマシになった。

「なるほどね……そう難しいことでもないのかしら。力業でごり押しすれば……いけるかしら、ね」

美紅は、先程からデスクのモニターに映し出された一連のデータを慎重に解読しながら、頭の中に叩き込んでいく。キーボードを走る手が、やがて一つのフォルダに辿り着くと、ぴたりと止まった。

「ふふ…………あはははははははっ！　これよ……これが欲しかったの。ふふふふ……あははは」

美紅は、湧き上がる興奮と歓喜を抑えることなく、心のまま、ひたすらに声を上げて笑った。こんなに笑ったのはいつぶりだろうか。内心の喜びをひととおり発散し、くるりと椅子ごと振り返ると、顔を伏せて跪《ひざまず》いたまま微動だにしない二体のからくりに声を掛けた。

「よくやったわね、凛、射愛《いあ》」

「は、はいっ……！」

呼び掛けたうちの一体、射愛が、嬉しそうに頬を染め、首に下げた大きなロザリオのネックレスをしゃらりと揺らしながら顔を上げた。その横で、凛は僅かに顔を上げただけで、どこか惚《ほう》けている。凛は前の戦闘で左胸部を破損して帰還したが、それも大したものではなかったため、すぐに直したというのに。また、切り替えがうまくいっていないのだろう。後で芽駒《めぐ》に調整を頼んでおかねばならない。

「二人にご褒美をあげるわ。何がいいかしら？　遠慮なく言いなさい」

「……!!　そ、そんな、美紅様直々になんて、恐れ多いこと……」

「あら、射愛。遠慮しないでって言ったでしょ？」

そう言って、美紅は射愛の顎《あご》を足のつま先で、くいと持ち上げる。顔を上げてこちらを見つめる射愛の瞳には、ありありと期待の色が見えた。

「それでは……新しい刀が欲しいです」

「春雨《はるさめ》は、気に入らないのかしら？　あれもかなり強力な刀よ。白狼の電磁刀にも劣らないように作っているはずだけれど……不満なの？」

「い、いいえ、そんなことは!!　……ただ、もっと強い武器を持てたら、次はもっともっと壊して、美紅様のお役に立てると……お役に立ちたいと、思って」

「そう……健気《けなげ》ねぇ、射愛は。そして……なんて強欲なのかしらね。貴方《あなた》ごときが、私の役に立てると、本当にそう心から信じて疑っていないなんて、ね。……かわいいじゃない」

　美紅が射愛の小さな顎につま先を掛けたまま、にこりと微笑《ほほえ》むと、射愛は途端に震え出した。先ほどまで見せていた期待に満ちた瞳が、一瞬で絶望の淵に立たされたかのように、不安げに揺れている。

「……じゃあ、作っておいてあげるわ。でもね、覚えておいて頂戴？」

「……」

「強い力にはそれ相応の理由がある……何もないところから、いきなり魔法のような力を作り出すことはできないの。世の中のすべての事象には、それが起こった理由が存在するのよ。一《いち》握《あく》の砂鉄から、鋼鉄の城を作ることができないように。鋼鉄の城を作るには、山のような鋼鉄が必要なの。もしただの砂鉄から鋼鉄の城ができたのだと言われたら……それは嘘なの。その裏には、必ずたくさんの鋼鉄が隠してあるのよ。世界とはそういうもの。貴方もよくわかってるはずでしょう？」

「はい……」

「貴方が、今より少しばかり強い武器を一つ持ったところで、私の壮大な城を作るための、一握の砂のようなものなの。思い上がらないで頂戴ね」

「すみませんっ……出過ぎたことを……」

射愛は、瞳いっぱいに涙を溜めながらも、なんとか視線を逸らさないように堪えているかに見えた。

「わかればいいのよ。分相応、というものをね。ま、たった一握りの砂でも、たくさん集めれば、少しは使えるものだしね。次も頑張ってもらうわよ」

そう言って、美紅は射愛の顎から足を外すと、射愛はまた絶望から生還したように、嬉しそうに微笑んで、次回の戦闘への意気込みを語った。美紅は、その声を聞き流し、その隣でずっと沈黙したままの凛に視線を送った。

「凛！」

射愛が、一向に美紅の視線に気づかない凛を諌めるように、慌てて声を掛けた。

「ふふっ……何を考えているのかしらね、この子は。私の目の前で、別のことを考えてるなんて……凛、貴方、いったい誰のモノだったのかしら？」

美紅はおもむろに凛の頭に足を向け、そのまま蹴り上げた。すると、やっと気づいたのか、ぼんやりしていた紅い目が開かれて、凛がようやくこちらを向く。

「あ、……美紅様」

「何があったのか知らないけれど……貴方、イケナイことをしたわね？　白い駄犬に傷を付けられて帰ってくるなんて……貴方って本当に、悪い子ね」

悪い子、と称した途端、凛がびくりと怯えたように肩を震わせた。

「お仕置きが必要そうね、凛？」

「ご、ごめんなさいっ……ごめんなさいっ！　……うっ」

美紅が、右のこめかみに靴のヒールをがつりと立てると、凛は痛そうに顔を歪《ゆが》ませた。ヒト細胞の割合が多い部分は、やはり痛みを多く感じるのだろう。

「ふふ……さっそく、準備を進めないとね。城の設計図が手に入ったのだから……。ところであの子……手斗《てと》は、何処《どこ》行ったの？」

そう言うと、射愛が気まずそうに視線を彷徨わせる。きっと、またいつもの命令違反なのだろう。美紅は、うんざりして溜息を吐いた。

「もう……あの子ったら本当に駄目な子ねぇ。貴方たちの中で一番使えないくせに、態度だけは一丁前なんだもの。射愛、あの子が戻って来たら、私のところへ来るように伝えておいて頂戴？たっぷり仕置きが必要だから」

「……はい」

「美紅様、急ぎの用件が」

来訪を告げるよう扉の開閉音がするとともに、芽駒が入室してきた。普段ならば、必ず入室前にこちらの返事を待つ彼女が、断りなく入ってくるなんて珍しい。その表情には少し焦りの色が見て取れた。

「いったい何事なの？」

「黒龍から、取引がしたいとの連絡が……今も、回線が繫がっています」

「……!!」

このアジトに移ってきてからまだ一度も、外の組織と交渉をしたことはない。ましてや、同じ反政府テロ活動をしている黒龍は、その実態もよくわからず、今まで特に接触もなかった。どこの回線を使ったのか知らないが、組織の下層を抜け、わざわざ美紅のところまで直接連絡を取り付けるなど、並のハッキング技術ではない。よほど凄腕の、その道の実力者でもいるのだろう。

「ふぅん……黒龍、ねぇ……。この回線を捉えたのは、評価に値《あたい》すると思うけれど。貴方はどう思う？　芽駒」

「そうですね……ざっと聞いた感じですが、うまく使えば、こちらの利にもなるとは思いますが」

「そう。で、何て言ってきてるの？」

「我々の武器を、向こうも欲しいと。見返りは、こちらで指定するものを、何でも、と言っております」

　予想外の芽駒の言葉に、美紅は虚を突かれて、しばし固まった。

「……何でも？　随分と舐《な》められたものねぇ。私たちが簡単に用意できないものを、まるで奴らなら用意できるとでもいう挑発なのかしら？　それとも、そうまでしてからくりが欲しいのかしらね。どちらにしても、闇取引の世界で何でも、なんて……そうそう口にしていい言葉じゃないわ」

　美紅は坦々と、回線をジャックした相手を冷静に分析しようと思ったが、どこかで期待する気持ちもあった。そう、普通は交渉の材料に何でもなどとは口が裂けても言わない。軽々しくそんなことを言うのは、命知らずで無計画、自信過剰の馬鹿だけだ。そう思うのに、この一見すると馬鹿げた交渉に、何かあると思わざるを得ない。彼らが、紅椿上層部の強固なセキュリティを突破したという事実が、美紅に少しの期待を持たせてしまった。他人にはもう一切期待などしないと、とうの昔に諦めたというのに。

「……」

「で？　話を聞く価値はあるってことね……おもしろい。良いでしょう。けれど……」

「承知しております。もしこちらに害が及ぶようであれば、早急に片付けましょう」

「ええ。じゃ、繋いでくれる？」

　芽駒が手元の端末を操作すると、室内のモニターには、黒いローブで全身を包み、顔を仮面

で隠した人物が映った。

『はじめまして。我々は黒龍。あなた方と目的を同じくする、反政府活動組織です』

黄色い鬼の面をした人物は、面と不釣り合いなほど丁寧な口調で挨拶をした。

「はじめまして、ね、黒龍さん。貴方たちのことは、同じ反政府活動をする者として、もちろん知っているわ。けれど……これは重要な取引の場。信頼が第一なのよ。こちらが素顔を晒《さら》しているというのに、貴方たちだけ隠しているなんて、フェアじゃないわね？」

『……それは、大変失礼をいたしました』

躊躇《ちゅうちょ》なく、するりと外された仮面。その下の素顔が、予想していた人物像と随分異なり、美紅は思わず面食らってしまった。

「ふふ……それじゃ、始めましょうか。交渉を」

第二章　大事なもの

おずおずと躊躇《ためら》いがちな手つきで、蓮は、向かい合って座る少女に指輪を渡した。今日は彼女の誕生日だ。孤児である自分たちの本当の誕生日がいつなのか、正確なところはわからない。だがこの孤児院では、ここに迎え入れられた日を各々の誕生日と決めて祝っている。

「わぁ……かわいい!! 蓮、ありがとう！ これ、凛の一生の宝物にするね！」

「えっ……」

そう言いながら、両の掌《てのひら》に指輪を乗せ、嬉しそうに微笑む凛。四つ葉のクローバーを模した、安物のおもちゃの指輪だ。だというのに目の前の凛は、本当に一生もののプレゼントを貰ったかのような喜びようである。

「凛が大人になって、おばあちゃんになっても、ずっと、ずーっと、大事にする！」

「……な、……でもそれ、おもちゃだからね！ 露店で売ってた、僕でも買えたすっごく安いやつだから……。大人になったら、指に入らなくなると思うし。そ、それ以前に、すぐ壊れちゃうと思うし！ だからっ」

蓮は、「一生の宝物にする」という凛の言葉への照れ隠しで、つい余計なことを口走ってしまう。以前、職員にお使いを頼まれて二人で出かけた先で、凛が装飾品売り場のウィンドウに張り付いて、高そうなアクセサリーに目を輝かせていたのを、蓮は背後からこっそりと見ていた。だから、支給される僅かな小遣いを貯めれば手に届く、気休めのおもちゃを買ってみただけなのだ。それなのに、ここまで喜ばれてしまうと逆に心苦しい。そこまでの価値が、この指輪にあるとは到底思えない。

「大丈夫だよ！　凛、こう見えても物持ち？　……は、良いほうだから。壊れないように、大事にできるもん。わぁ……見て、蓮！　似合う？」

凛は、右腕をぐいと頭上に高く掲げた。右手の薬指にはめた指輪を、下からうっとりと眺めている。蓮もつられて見上げると、中天を過ぎたばかりの太陽の強い光に反射して、偽物のシルバーがキラリと眩《まぶ》しく輝いた。粗雑な作りの安物で、一生使うなんてことは到底無理な子供用のおもちゃを、彼女はただただ愛《いと》おしそうにじっと見つめている。

「いつかは本物を……」

「え？」

「あ……な、なんでもないよ！」

「ふふ」

雲一つない群青色の空の下、無邪気に笑う幼い少女の、高く掲げられた右腕にそっと手を伸ばした。手が触れるすんでのところで、彼女の右手の先から、紅い花びらがひらひらと零れる。

気づけば、明るかった空は黒く塗り込められ、深い暗闇へと変わっていた。はっとして少女へ視線を向けると、狂気を宿した紅い瞳の女が、蔑むような目をして蓮を見ていた。伸ばしかけていた手は乱暴に振り払われる。

「……あんた、うざい」

「……‼」

するりと伸ばされた細い両腕が、動けずにいる蓮の首に絡みつき、喉をきつく締め上げる。

息が苦しい……誰か……。

『蓮！　蓮……‼』

誰かが、呼び掛けてくれている。助けを求めて、暗闇に一筋だけ射した黄金色の光に手を伸ばした。

◆　◆　◆

「蓮！」

瞳に飛び込んできた強烈な日差しに、開けたばかりの目を思わず閉じてしまった。

「大丈夫、蓮？」

「……莉々《りりい》？」

「魘《うな》されていたから、起こしちゃったけど……」

「……夢か。……起こしてくれて、ありがとう」

蓮は、覚醒したばかりのおぼつかない思考を無理矢理覚ますように、二、三度首を横に振った。

中庭のイチョウの木陰で小休止を取っていたはずだが、いつの間にか居眠りをしていたらしい。

ここへ来た時は確か昼時を少し過ぎた辺りだったのに、太陽は随分と西へ傾き、目の前に立つ莉々からも黒く長い影が伸びていた。莉々が、心配そうな顔でこちらを覗き込んでから、ふっと、優しく笑んだ。その日だまりのような温かな笑顔に、先ほど見た夢の恐怖が薄れていくような気がした。

「あの蓮さんがこんなところで転《うた》た寝してるなんて珍しい〜って、さっき新入りの女の子たちがはしゃいでたわよ。蓮が人の気配に気づかないほど熟睡してたなんて……昨夜は、ちゃんと眠れなかったの？」

「……」

安全な宿舎内だとはいえ、こんな開けた中庭で人目もある中、堂々と眠りこけていたとは。蓮は気恥ずかしくなり、じぃっと覗き込んでくる莉々から視線を逸らした。

最近、夜にしっかりと眠れないせいで、日中に急激な眠気に襲われ、気絶するように転た寝をしてしまうことがある。眠れないのは、さっきのような悪夢を見るのが嫌で、無意識のうちに気を張ってしまうせいだろう。悪夢は、シーンこそ違えど、いつも大体同じような内容だ。

もう八年も前、八歳だった頃の思い出は、最近ではすっかり過去という記憶のアルバムへ収まり、忙しい日常の中で特に思い出すこともなく過ごしていた。それが、一月《ひとつき》前にあのヒト型からくり・椿と遭遇してからは、毎日のように悪夢となって見るようになってしまったのだ。昼も夜も、心のどこかで気分は塞いでいる。

右目の奥がじんじんと痛む気がした。昔のことを深く考えると、右目を失った日のトラウマなのだろうか、幻肢痛《げんしつう》のような症状が起こり、憂鬱な気分とセットで悩まされてもいた。あの日撃たれた右腕さえ、まだ時折痛むことがある。無意識に、右腕を左手で摩《さす》っているのを見られ、莉々がまた心配そうな顔で覗き込んできた。もう傷は塞がり、日常生活も支障なく行えるまでに回復したというのに、担当の医者はまだ包帯を取らせてくれない。

「病み上がりなんだから、ちゃんと休息は取りなよ？　ちょっと目を離すと、すぐワーカーホリックになっちゃうんだから、蓮は」

「莉々こそ……お互いさまだと思うけど」

「あはは。私はね、今だけ特別よ。何せ次の評価で、昇進が掛かってますから。頑張りどころなのよ！」

莉々は、にっかりと口の端を引き上げ、悪戯《いたずら》っぽく笑った。彼女は、諜報を専門とする三番隊に所属している。今はまだ役職がないが、仕事熱心で周囲を気遣う高いコミュニケーション能力も持ち合わせており、上司たちからの評判は良い。現在三番隊は、副隊長のポストが空いているため、次回の人事評価で、その空いたポストに誰が就《つ》くかが決まるそうだ。莉々は実力、経験ともに申し分ないが、それでも優秀な三番隊にはライバルも多く、今のうちにもっと功績をあげようと、最近は昼も夜も仕事一筋に打ち込んでいる。

かつてのバースト革命戦争の時代に、蓮の暮らしていた孤児院も、紛争に巻き込まれた。その後、白狼へ拾われてからも、そのショックでしばらくは廃人のように、放心しながら無為に毎日を過ごしていた。何もかもを失って、生きることに絶望し、塞ぎ込んでいた蓮を立ち直らせてくれたのは、莉々だった。当時、白狼に入ったばかりの彼女も、蓮と同じく戦争で大切な人を失い、孤独に陥った痛みを知っていた。彼女は、その大切な人の遺志を受け継ぎ、この社会を救いたいと願い、自ら志願してバースト手術を受け、白狼に入ったという。

蓮は、そんな前向きな彼女を見ているうちに、塞ぎ込んでいた後ろ向きな感情を絆され、次第に彼女の生き方に惹《ひ》かれていった。蓮は孤児院時代にすでにバースト手術を受けていたのだが、このまま当てもなく一人で生きていくよりは、彼女のように、せっかく授《さず》かった力を世の中のために役立たせたいと思うようになった。

程なくして白狼に入ってからも、彼女は何くれとなく、蓮の側で傷ついた心を緩やかに慰《なぐさ》めてくれた。今ではすっかり元気を取り戻せているのも、彼女のお陰であるところが大きい。苦境に立たされても、朗《ほが》らかに笑う莉々を見ていると、まるで自分の悩みが大したことではないような錯覚に陥ることさえある。

そこまで考えて、蓮は、この間から胸のうちに燻《くすぶ》り続ける悩み……からくり・椿が、八年前の事件で死んだはずの凛にそっくりだったということを、莉々に相談してみようかと考えた。莉々は、なんと言うだろう？　そんなのただの他人の空似よ、と笑い飛ばしてくれるだろうか。まだ隊長の戒人にさえ報告していないことだ。事件当日から言わなければとずっと思っていたのだが、どうしても口に出せぬまま一人で悶々《もんもん》と悩んでいる。しばし逡巡した後、蓮は意を決して口を開いた。

「あのさ……今晩は、寄宿舎にいるの？　時間があったら、久々に一緒に夕食でも……」

「あー、ごめん！　実は、これから私、任務なのよね」

莉々の断りの言葉に、心の片隅で蓮はほっとしていた。

「そっか。じゃあ、また今度かな」

「ほんとにごめんね！　私も、久々に蓮と楽しく過ごしたかったのに～」

申し訳なさそうに、眼前で両手を合わせながら莉々が謝る。

「あ！　そういえば戒人さんが探してたわよ。話があるって。私もそろそろ任務に行かなきゃ。それじゃ、またね」

「うん。気をつけてね！」

本当に時間がなかったのだろう、莉々は立ち上がると急いで走って行ってしまった。戒人の話……やはり、日輪銀行襲撃事件の日のことを問われるのだろうか。勘の良い戒人なら、あの日から自分の様子が少しおかしいことに、報告すべきことを黙っていることに、きっと気づいているだろう。

◆
◆
◆

「蓮さん、お疲れさまです！　隣、いいっすか？」

「お疲れさま。今戻りか？　随分遅かったな」

食堂で夕飯を食べていると、昼の特別任務を終えたらしい勇馬が、蓮と同じくカレーを乗せたトレイを持っていそいそと近づいてきた。

「あれ……蓮さん、今日の日替わり定食は栗ご飯ですよね？　カレーのほう選ぶなんて、珍しいっすね。あっちのが、断然甘いっすよ？」

「……たまには気分を変えてみようと思っただけだよ」

勇馬は半分ほど減った皿と蓮を交互に見比べ、さぞ奇妙なものでも見るかのように、目を瞬《またた》かせた。確かに甘いものは好きだが、だからといってそればかり食べているわけではないというのに、この驚きようは心外である。しばらく無言のまま黙々と食べていると、勇馬は隊長の戒人が不在だったからと、本日の任務結果を代わりに報告してきた。

「いやぁ、今日は二番隊の応援で、怪しいっていうバーの摘発に行ってきたんですけど。敵さん、流行《はや》りのアレを打ってたから、なかなか手強《てごわ》くて、時間かかっちゃいました。これ、押収品です」

勇馬は、懐《ふところ》から一本の注射器と、紫色の液体が入った小瓶を取り出して見せた。

「……これが例の、ブースト薬か？」

「まがい物を一時的に打ったところで、俺たち本物のバーストに適《かな》うわけないっていうのに……連中はいったい何を考えてるのやら」

密かに闇市場で拡散されている不正薬物・ブースト。バーストのように細胞を活性化させ、驚異的な戦闘力を得るための、いわゆるドーピング剤だ。だがその効果は超短期的であり、注射後、その能力は一日と続かない。また服用後は、疑似バースト化の強烈な副作用で、精神や肉体に多大なダメージが残り、最悪の場合は死に至る。最近、反政府系テロ組織や、貧民街に燻る素行不良者たちの間で、これが大量に出回っているという。バーストに、ヒト型からくりに、ブースト。相変わらず、この国から争いの種はなくならない。

「いったい、どこで誰がこんなものを作ってるのか……潜入捜査を進めてる三番隊の連中に聞いても、なかなか尻尾が掴めないって、苦戦してるみたいでしたね。しっかし、ドーピングまでして、俺たちみたいになりたいもんなのかな～。不便なことだって多いのに」

「……」

「俺たちも元々は奴らみたいに、小汚い環境で育った孤児がほとんどなわけだし……憧れる気持ちも、わからなくはないんですけどね」

蓮はスプーンを持つ手が止まってしまったが、勇馬はさして何かを気にするふうでもなく、大口でカレーを食べ進んでいく。

ヒトの細胞にはリミッターが掛けられているため、普段はその潜在能力の一割程度しか使われていない。この全身のリミッターを強制的に外すことにより、細胞が本来持つ力を限界まで使役することを可能にしたのが、バースト技術だ。手術を受けてバーストになれば肉体が強化され、個体差はあるものの、おおよそは通常の人間の五～十倍の能力を得ることができる。そしてバーストになると、その個体が持つ細胞の潜在能力値や力の解放具合によって、下はEから、最上はSまでの階級が付けられる。

この国にバースト技術が生み出されてから、もう二十年近く経ったが、国民たちがバーストに抱くのは、憧れや羨望に嫉妬、そして何より恐怖という感情が大きい。現在のバーストは決して、夢の超人というわけではないからだ。細胞強化手術に耐えられる適正があって初めて手術を受けられるが、それでも成功率は全体の半分ほどであり、失敗すれば体に何らかの障害が残ったり、命を落とすことも少なくない。また、無事に手術が成功したとしても、ヒトという種の常識から逸脱した強靭な肉体には定期的なメンテナンスが必要で、これを行わなければ生命活動さえ維持できないのだ。ここ数年で少しずつバースト手術の精度は上がってきてはいるものの、未だにその技術は実験段階を出ないでいる。

そういった理由から、被験者に選ばれるのはたとえ死んだとしても問題のない存在、身寄りのない孤児がほとんどだった。普通に暮らしていける中流階級以上の人間は、わざわざ身の危険を冒してまでバースト手術を受けない。そして、驚異的な肉体を得たとしても、その使い道は、白狼という国の最高武力組織と決まっていた。自ら選べる道などない。白狼は政府の所有物である兵器のように位置づけられており、さっそく人権などとは無縁の存在だ。力を得られる代わりに、自由は失われ、いつ死んでもおかしくない仕事をさせられる。それでも、貧民街で明日をも知れぬ日々を寄る辺なく生きてきた子供たちにとっては、自分たちの正当な居場所と生きる目的があるだけ、白狼の環境は十分にありがたいと言えた。

食堂の映像モニターに、国営放送による今日の重大ニュースが流れていく。一日のニュースをまとめ、重要度の高いものから順次報道されていくこの番組は、日々忙しく働く国民たちにとって最もポピュラーな番組として視聴されている。政府官邸からは、氷山軍事奉行所長官が、第二バーストラボ建設案が可決されたことを発表した。続いて市政のニュース、近々リサイクル産業の推進案が本格始動するらしい。中流階級の暮らしのコーナーでは、江戸川のＰＨ濃度上昇問題を騒ぎ立てる付近の住民たちの様子や、歴史ある反物屋と人気呉服ブランドの経営統合問題が報じられた。そして番組の最後に、本日の反政府テロ事件は三件、とアナウンサーが端的に伝える。どの事件もさほど規模が大きくなく、被害も個人犯罪のレベル、発生場所もすべて貧民街だ。死傷者が出ようと、わざわざ騒ぎ立てるほどのことではない、という感情が、モニターの向こうからひしひしと伝わってくる。事件現場の映像の中で、ちらりと、巻き込まれた貧民層らしき男性が、負傷した子供を抱きかかえながら泣いているのが映った。その光景につい、過去の自分たちを重ねて見てしまうのは仕方のないことだろう。貧民街のニュースはさっさと切り上げられて、夜の娯楽番組が始まった。

「……俺たち、もっと強くならないといけないですね。今度こそ、弱い立場の人々と、大事なものを守るために」

黙ってニュースを見ていた勇馬が、真剣な声で言った。

「そうだな」

「蓮さん、この後、一緒に訓練場行きませんか？」

勇馬の声に頷き返すと、蓮は止まっていた手を進め、さっさと食事を終えようと急いでカレーを口に詰め込んでいく。勇馬もあの貧民街での映像を見て、何か思うところがあったらしい。落ち込んでいる暇など、自分たちにはない。どうせ、できることといったら戦うことだけだ。ならば、より多くの弱者を救うために、自分がもっと強くなるしかない。

「もう～、あんたたち、なーに辛気臭《しんきくさ》くなってるのよッ！」

バシッという乾いた音を立てて、唐突に背中が叩かれた。蓮は、口いっぱいに含んでいたカレーを盛大に喉に詰まらせる。反射的に込み上げる涙をなんとか我慢しながら顔を上げると、鳴子がカラカラとさも楽しげに笑っていた。ふと隣を見れば、蓮に次いで勇馬も叩かれたのだろう、彼は胸の辺りを押えながら必死に水を飲み込んでいる。

「め、鳴子さんっ……！　げほげほっ。脅かさないでくださいよっ……」

「あら、ごめんね～！　二人があんまりにも辛気臭いオーラを出してたから、つい。我が白狼最強の十三番隊隊員の反射神経なら避けられるかな～と思ったんだけどね」

ごめんと言いながらも、さして悪いとも思っていなさそうな鳴子を見ながら、蓮はゆっくりと息を整える。いくらバーストの反射神経でも、休息中の不意打ちまでは回避できない。

「辛気臭いって、鳴子さん。全然、違いますからね？　白狼のエースたる蓮さんと、その右腕たる俺が……、いえ！　貪欲に強さを求める孤高の戦士たる蓮さんと、その右腕たる俺が、己の力量を謙遜《けんそん》しながらも、さらなる強さを求めて共闘の誓いを立てるっていう、超かっこよく決まってたシーンなのに」

「……？　これ食べ終わったら、二人で仲良く鍛錬しに行くとか言ってたけど、そのこと？」

「はぁ。付き合ってられないわね」

鳴子と勇馬のおちゃらけたやりとりを横目に、鳴子の後ろに立っていた流風が呆れたような顔で呟いた。鳴子と流風、そして戒人の三人は、同期である。そしてこの鳴子と流風は仲が悪く、見かけるたびに何か言い争いをしているという印象だが、何故だか一緒にいることが多い。蓮にはこの二人が本当は仲が良いのか悪いのか良くわからなかった。今日も、これから一緒に夕食を取るのだろう。ちらりと彼女たちのトレイを見ると、生姜焼き定食、飲み物は麦茶、デザートにはプリンと、寸分違《たが》わぬメニューが乗っている。二人は蓮と勇馬の向かい側の空席に座った。

「腕の怪我はもう大丈夫なの？」

流風が蓮の負傷した右腕をちらりと見て言った。隊服の長袖で隠れてはいるが、服の下には未だに包帯が巻かれている。

「はい。明後日からは現場にも復帰できます。先輩方には、ご迷惑をお掛けしました」

丁寧に頭を下げる蓮に対して、流風は逆に訝《いぶか》しげな視線を投げ返した。

「そんなに焦らなくたって、もう少し休んでいても仕事は逃げないわ」

「明後日!?　ちょっと〜、まだ包帯取れてないんでしょう？　流風の言うように、もっとゆっくり療養したほうがいいわよ」

「でも……俺が療養中に、他隊の先輩たちにも、十三番隊の管轄までカバーしてもらっているし、これ以上ご迷惑は……」

「「駄目よ!!」」

ドンと、テーブルに拳を叩きつけながら、流風と鳴子は厳しい目をして蓮を睨む。その迫力にたじろぎ、蓮は思わず椅子ごと退《ひ》いてしまった。やはり彼女たちの仲が悪いというのは嘘だろう、息はぴったりと合っている。助け船を探して視線を隣に向けるが、勇馬はあんぐりと口を開けた状態で、静かに首を振った。

「いくらバーストが常人よりも怪我の治りが早いといっても、怪我をすれば痛いし、無理をすれば死んでしまうことに変わりはないのよ。よくわかっているでしょ？」

流風が、聞き分けのない子供に念を押すような口調で言うと、同意した鳴子が畳みかけるように言葉を紡ぐ。

「そうよ。もう一週間くらい休んでいればいいじゃない。最近はお天気もいいし、良いリフレッシュができるわよ」

「……でも」

「あなたが怪我した〜って、女性隊員たちが心配してたわ〜。よっ！　この人気者！」

「……」

「いいな〜。蓮さん、女性隊員に人気ありますもんね〜。やっぱエリートって良い響きだよなぁ。……で、鳴子さん、俺は？　俺のことは、その子たち、何か言ってませんでした？」

「うーん……どうだったかしら」

勇馬は、半年前までは七番隊に所属しており、鳴子の下にいたこともあって今でも仲が良い。特に七番隊は、隊長の気さくで情に厚い人柄に影響されるのだろうか、隊員たちも皆、からりとして快活ながら、情熱的な性格の者が多かった。七番隊は、この白狼内の、いわばムードメーカー的な隊でもある。

「ちょっと鳴子さんんん？　そこが、一番重要なところじゃないですか」

「ところで、あなたたちもそろそろ定期検診よね？　戒人から、もう聞いたかしら？」

騒がしい鳴子と勇馬のやりとりには目もくれず、黙々と箸を進めていた流風が、思い出したように呟いた。

「えっと……特にまだ何も。いつもの検診と違うんですか？」

「ええ。これから、メンテナンス周期は三ヶ月に一度にして、強化項目も増やすらしいわ。だから、どこをどう強化するか、あなたたちも事前テストをしておけって言われてない？」

バーストは定期的に、バースト研究所で検診を受ける義務がある。検診は半年に一回、単純に医療的な面、そして兵器としての側面から、バーストの肉体の維持と、さらなる強化を目的として行われている。強靱な肉体を持つバーストだが、その細胞活動を維持するには定期的に「リバース薬」という薬を投与し、全身の細胞をメンテナンスしなければならない。リバース薬の生成には大量の資源と時間が掛かるらしいので、メンテナンス回数はなるべく節約されてきたというが、メンテナンスが強化されるということは、材料調達の見込みが立っているということなのだろうか。それとも……。

「そういえば、さっきも氷山長官が、第二バーストラボ建設案が可決されたって言ってましたけど」

「ええ。軍拡が少しずつ進んでいるみたいね。ま、当然なんじゃない？　ヒト型からくりの噂は、上にもちゃんと伝わっているようだし」

「そうですか……」

「S級のあなたが、たった一体を相手に手傷を負わされたんだもの。上は相当焦っているみたいよ。……戒人は、何か理由があって負傷したんじゃないか、って心配していたわ」

流風の言葉に、蓮はどきりとした。負傷した理由は、完全に己の実力不足であって、決して油断していたとか、状況が悪かったとかいう話ではない。

「そうだぞ。こんなに心配を掛けさせて。挙げ句、弱っている部下を慰めてやろうと呼んでいるのに、いつまで経っても、一向に来ないしなぁ」

「すみません、隊長……って、え？」

突然背後から響いた聞き慣れた声に驚いて振り返ると、腕組みをした戒人がにこりと笑ってこちらを見下ろしていた。蓮は、昼間の莉々の言《こと》づてをすっかり忘れていたことを思い出す。

「蓮。今からちょっと付き合ってくれ。俺と特別任務だ」

◆◆◆

「なんでこんな夜更《よふ》けに下見に行くんです？　蓮さんならともかく、俺たちには暗くて良く見えないと思うんですけど」

勇馬が、気怠《けだる》さを滲ませた声で戒人に疑問をぶつけた。確かに、蓮もおかしいと感じていたことだ。夕食を終え、戒人に付き合えと言われた特別任務は、近く第二バーストラボになる予定の製薬会社研究所ビルとその近隣施設の下見に行くというものであった。稽古の約束をしていた勇馬が任務への同行を願い出たため、現在、三人で夜の街をひた走っている。堅牢《けんろう》な作りの研究所ビルの隣には、立て替えられたばかりの孤児院と学校があるらしいが、とはいえこの明かりの落ちた夜に下見というのは、やはりおかしい。

「第二ラボの警備システムは、まだ万全じゃない。発表はしたが、場所までは知らせなかっただろう？　反政府組織によるテロを警戒して、世間には、しっかりと内部のシステムまで完成してから公表することになっている。白狼が堂々と近隣をうろついていると奴らに勘づかれる危険もあるから、昼ではなく夜にこっそり見に行くんだ。システムが整ってきたら、そのうち地下通路を繋げて、内部も七番隊が警備にあたる予定だ」

「なるほど！　そういうことだったんすね」

戒人が、このおかしな夜間任務の説明を終えると、勇馬は納得したように相づちを打った。

「まあそれは、おまえたちを連れ出した理由の半分だな。さて……本題に入ろう。蓮おまえ、俺に何か話すことはないか？」

「……」

「おまえが俺に伝えるべきことを隠しているのではないか……というのは、ただの勘だからな。無理して話す必要はない。だがこれでも、おまえの心の整理がつくまでと思って、随分待ったと思うんだが」

「え？　蓮さん？　戒人隊長……って、えぇ!?　俺が着《つ》いてきちゃったせいで、何か話が気まずい感じになっちゃってます？　俺、帰ったほうがいいですか？」

「いや、そうじゃないよ勇馬」

勘の良い上司には、やはり見抜かれていた。蓮と同じS級のバーストであり、この白狼部隊最強といわれる戒人の最大の武器は、その剣撃でも頭脳でもなく、類い希《まれ》なる第六感であった。鋭い感性は戦闘時のみならず、平時においてもその威力を、勘というかたちで発揮するのだ。ここまで言われてしまっては、蓮もさすがに迷ってはいられないと思った。あのヒト型からくり・椿は、死んだはずの、蓮の幼なじみに似ていた……ただ一言、そう告げればいいだけだ。その後のことは、この優秀な上司が判断してくれるだろう。

「……隊長、俺……」

蓮が重い口を開きかけたその時、勇馬の足が止まった。数歩先から振り返ると、勇馬は両耳に手を添えながら、集中するように目を閉じていた。勇馬は、バースト手術で元々適正のあった聴力をさらに強化している。そのため、常人には聞こえない帯域、極小さな遠くの物音さえも聞き分けることができた。

「隊長、緊急の救助要請信号です。この先……蛍雪館《けいせつ》ってところです」

「蛍雪館だと？　はぁ……参ったな」

蛍雪館という響きには、蓮も覚えがあった。確か、どこかの有名な政治家の屋敷だったような気がする。

「銀咲大和《ぎんさきやまと》勘定奉行所長官の私邸の一つで、催《もよお》しをする時に使っていたと記憶している。もしかすると、彼以外のお偉いさんも集まっているかもしれないな。予定を変更しよう。俺たちはこのまますぐに現場に向かう。いつでも戦える用意をしておけ。速度を上げるぞ」

戒人が令恩総隊長に一報を入れ終わると同時に、蓮は思い切り地を蹴った。


豪奢な屋敷をぐるりと覆い尽くして囲う、無機質な鋼鉄の外壁は、一見すると何も変化のないように見えた。だが、正面の分厚い鉄の門扉《もんぴ》だけが無駄なく綺麗に、おそらくは電磁刀の強烈な一撃だけで壊されているのを見て、蓮は固唾《かたず》を呑《の》んだ。使い手は、相当の剣の達人だろう。

有力政治家・銀咲の屋敷は、努めて厳重に警備がなされていただろうにも拘《かか》わらず、たやすく敵に侵入されたようだ。庭には、警備員だろう者たちが十数名倒れていて、すでに事切れていた。森のように広大な庭を進むと、三階建ての立派な西洋風建築の正面玄関が見えてきた。

玄関前には、黒いローブと狐面を身に着けた、黒龍の見張り役らしき者が二人立っている。戒人が、瞬時に後ろに続く蓮と勇馬を左手で制し、急いで茂みの陰に隠れた。入口の見張りに気づかれぬよう息を潜《ひそ》めている間に、勇馬はまた建物内部の音から状況把握を始めている。蓮と戒人が身動きをせずにじっと待っていると、やがて索敵を終えただろう勇馬が苦々しげに呟いた。

「隊長……俺の勘違いであれば嬉しいんですけど……」

「なんだ？　中に何人いた？」

「正面の二人、黒龍ですよね。だけど、あの扉開けてすぐの距離に、からくり機械兵の銃式・

蟹がいます」

「なんだと!?」

勇馬の言葉に、戒人と蓮は目を見張った。からくり機械兵は、紅椿が独自に開発・投入した兵器だが、それが黒龍とともにあるということは、彼らが友好的な取引関係にあり、最悪の場合、手を結んでしまったということも考えられる。これは白狼にとってはまったく良からぬことだ。

「参ったな……危惧していたとはいえ、もうこんなことになっているとは」

戒人は右手で顔を覆い大きな溜息をついたが、すぐに気を取り直したように、勇馬に指示を出し始める。

「それで、他はどうなってる？　銀咲長官や、他の生存者の声は確認できるか？」

「……あの玄関扉のすぐ先に、蟹と、戦闘員が数人。館のもっと奥のほうからは、おそらく一箇所に固まってるだろう政治家たちが数人と、そこにも戦闘員が何人かいますね。あとは、屋敷のあちこちにも、見張り役っぽい人間の気配がちらほら……異常はないか、無線で連絡取り合ってます……こっちにはからくりはいませんが、会話の内容からして、たぶん玄関付近にいる奴らが一番弱そうです。政治家たちが何か大声で誰のせいだとか、はめられたとか罵《ののし》り合ってて……うるっさくて、肝心の銀咲長官の声は全然聞こえないっす。なんか切羽詰まってるみたいだから、早く行かないとやばいかもしれない……」

勇馬の索敵情報を聞いた戒人が、腕組みをしながら沈黙する。数では圧倒的に不利であり、政治家たちを無事に助け出すには奇襲でもしなければ厳しい。しばらく黙していた戒人が、ゆっくりと立ち上がったので、蓮と勇馬もそれに続いた。

「作戦を言い渡す。銀咲氏とその他政治家たちの保護が最優先だ。表の見張りを倒したら、おまえたち二人は、そのまま正面を突破して進んでくれ。敵の注意がおまえたちに向かっている間に、俺は気づかれないように裏口を探して内部に侵入する。館内に散らばっている見張りは俺が引き受けよう。目標に辿り着いたら、早急に片付けられればいいが、難しい場合は、なるべく時間を稼ぎながら交渉しろ。それと蓮、おまえはまだ右腕が完治していないんだから、一応、無理はするなと言っておく」

「……はい、隊長」

「戒人さん、大丈夫です！　蓮さんの右腕たる俺が、全力でサポートしますんで」

得意げな顔をしながら、勇馬が刀を抜いて前方に構えた。蓮は、部下の頼もしい発言に無言で頷き返し、続いてすらりと刀を抜いた。

「準備はいいか？　……いくぞ！」

戒人の突入の掛け声とともに、三人で茂みから一斉に飛び出し、全速力で見張り役へと走り寄る。一番足の速い蓮が、最初に気づいた見張り役が刀を構えようと動き出すよりも早く斬り倒す。次いでもう一人を、戒人が居合いを放ちざま、沈めた。

「よし、俺はこのまま裏に回る。後は任せたぞ」

背後に勇馬が追いついたのを見て、戒人が館の裏手へと走っていく。

「勇馬！　いいか？」

「はいっ！」

見張り二人を瞬く間に倒し、一度体勢を整え、蓮は古めかしい木製の玄関扉を縦、横、斜めに素早く斬り刻み、粉々にした。扉の木片が崩れ落ちた途端、壊れた玄関の先から銃弾が雨霰《あめあられ》と飛んでくる。

「勇馬！　右!!」

銃式・蟹の索敵範囲に侵入しながら、蓮と勇馬は、互いに逆方向に走りながら攻撃を分散させる。蓮は明かりの落ちた暗い玄関ホールをぐるりと見渡す。広いホール内には、その中心に蟹が一体。狐面をした黒龍戦闘員が七人、蟹から距離を取ったまま壁際に散らばっており、こちらに気づいて刀を構えだした。

「勇馬、三秒だけくれ、そのまま動かないで！　一、」

「え？　ちょっ」

「二」

勇馬が蓮の命令で足を止め、その場で蟹の銃弾をガンガンと弾き返す間に、蓮は床を蹴り、一気に砲撃の背後から蟹の本体に乗り上げると、装甲の下に隠されているコア目がけて、深々と刀を突き刺した。

「三ッ！」

叫ぶと同時に、蓮は素早く刀を引き抜いて飛び退いた。一拍遅れて、轟音とともに蟹が爆発する。

「くっそー！　また蓮さんにばっかりいいところ持ってかれた！」

「油断するな勇馬！」

蟹の破壊と同時に、巻き込まれるのを避けて遠くで様子を窺っていた狐面の戦闘員たちが、一斉に蓮と勇馬を取り囲み向かってきた。蓮は勇馬に背中を預け、向かってくる敵の刃をかわし、一人ずつ急所を正確に狙って斬り倒していく。

前方に見えた敵五人を倒して後ろを振り返ると、勇馬が、一人と鍔迫《つばぜ》り合いをしていた。その横から勇馬を狙って振り下ろされた刀を、蓮がすんでのところで受け止め、刀ごと突き飛ばす。勇馬が、気合いの掛け声とともに、ギリギリと刀を合わせていた敵を力任せに圧し斬ると、その後方から、間髪入れずに残った一人が向かってきた。

「え……この、声……瑞希《みずき》姉ちゃん……？」

だというのに、突然、勇馬が驚いた声を上げながら固まった。

「勇馬！　上だッ！」

蓮は叫ぶと同時に飛び上がる。

「え？　うわッ」

動きの止まった勇馬の隙を突いて階段上から飛びかかってきた敵を、蓮は下から向かえ撃ち、空中で仕留めた。ドサリと音を立てて、敵の最後の一人が床に倒れる。

「どうしたんだ、いきなり。怪我でもしたか？」

「……あ、俺……。すみません、蓮さん。ちょっと空耳がして。疲れてるのかな」

蓮が助太刀した状況を一拍遅れて飲み込んだらしい勇馬は、どこか惚けた様子で言った。

「空耳？」

「……いや、なんでもないです！　さ、さっさと行きましょう！」

そう言って、勇馬が足早に階段を駆け上り、蓮はその後に続いた。蓮と違い、勇馬は朝から晩まで任務を、しかもなかなか手こずったという戦闘を終えてきたばかりなのだ。その上、いくら強化されているとはいえ、耳での情報収集には並ならぬ集中力を必要とする。疲労が溜まっていて当然だろう。

勇馬の耳を頼りに二階を通り過ぎ、三階まで登りきったところで、遭遇した見張りに蓮が駿足で近づき斬り倒した。踊り場から続く、迷路のように複雑に伸びる廊下を、勇馬を先頭に進んでいく。勇馬は音を頼りに、迷いのない足取りで駆けているが、そのペースはいつもより遅く感じる。この先の戦闘では、やはり無理をさせないように気をつけなければと思考していると、勇馬が焦った声を上げた。

「蓮さんッ、あの扉の奥です！　やばいッ!!」

「!!　わかった。このまま突っ込むぞ」

目の前に、他に居並ぶ部屋よりも一際豪華な作りの扉が見えてきた。蓮は一気に勇馬を追い越して、勢いを付けて飛び上がり、体重を掛けながら眼前の扉を斜めに斬りつける。一瞬、ずきりと、まだ不完全な右腕に痛みが走ったが、構わず木片に体当たりしながら室内へと突進した。

突如乱入してきた蓮に、赤い鬼の仮面をつけた黒龍が、その手で振り下ろそうとしていた刀を止める。刀の先には、この館の主人である銀咲長官が、椅子に座った状態で手足を拘束されていた。何とか寸でのところで間に合ったことにほっとしたのも束の間、ぐるりと周囲を見渡すと、晩餐会でも開けそうな広い豪華な部屋に、すでに殺されてしまっただろう数名の政治家たちが、血を流して床に転がっている。扉から一番奥の窓際には、拘束された銀咲長官と、その横に赤鬼。そして、蓮の間合いから少し離れたところには、青い鬼の面をつけた者が刀を構えて立っている。

赤鬼と青鬼。どちらも、黒龍の中で上位の実力を持つと言われる幹部で、バースト級もおそらくはAだと推測されていた。この場で、蓮が全速力で赤鬼へと向かっても、それより速く、赤鬼は銀咲長官を殺すだろう。今赤鬼の手が止まっているのは、おそらくは蓮たちの突然の乱入に警戒しているだけだ。奴らの目的が脅迫での情報略奪で、すでにそれが済んでしまっているのだとしたら、もう人質に用はなく、証拠隠滅のために早急に殺してしまったほうがいいと考えるだろう。他に使えるとしたら、安全な逃走経路を確保するための交渉材料か。どれくらい時間が稼げるか……蓮はちらりと、銀咲長官の背後の窓から覗く月を見た。

「……銀咲長官から離れろ。直《じき》に、他の白狼隊も到着する。おまえたちに逃げ場はないぞ」

「……」

沈黙を破り、蓮は赤鬼に向かって、努めて冷静に声を掛けた。だが、赤鬼からの反応はない。代わりに、青鬼が口を開いた。

「武器を捨て、そのままそこから動くな。おまえたち二人を拘束した後に、銀咲は解放しよう。それ以上の交渉はしない」

「……」

青鬼も、敵ながら賢明と思える判断を下した。奴らが銀咲を殺した瞬間から、戦闘は避けられない。だが、蓮がS級のバーストだということをすでに知っているのだろうか、自分たちには分が悪いと思ったのだろう。膠着《こうちゃく》状態の中、赤鬼が再度刀を振り上げた。

「待て！　わかった……従おう。勇馬、おまえも」

蓮は、握っていた刀を鞘に収めた後、そのまま青鬼へと投げた。続いて、蓮の背後にいた勇馬も無言で従う。二刀を受け取り、青鬼は赤鬼にちらりと向き直って頷いた。

「よし。では、拘束を……」

青鬼が、懐から重そうな拘束紐をじゃらりと取り出して、蓮に近づいてきたその時――銀咲の背後の窓が、突如派手な音を立てて割れた。青鬼が驚いて窓を振り返った瞬間、蓮は一気に走り出すと、蓮と勇馬の刀を握る左手を思い切り下から蹴り上げる。弾みで手放された二刀を奪い返し、勇馬のものをさっと投げると、蓮はすぐさま抜刀した。割れた窓から飛び込んできた戒人が、真っ直ぐ赤鬼に向かい抜刀する。赤鬼は急いで受け止めるが、そのまま戒人に力で圧され後退し、銀咲からは引き離されている。形勢は一気に逆転した。

「ここは俺と隊長でやる。勇馬、下がってろ」

言い終わらぬうちに、蓮は青鬼に向かって素早く刀を振り抜いた。受け止められた刀をいなし、そのまま何度も打ち込むが、青鬼はぎりぎりのところで払い、じりじりと後退していく。青鬼は動きこそ速いが、一撃の重さは軽い。蓮と同じく、速さに特化したバーストなのだろう。だが、その速さも蓮ほどではない。この青鬼にとって、己の上位互換である蓮は最も分の悪い相手だろう。

蓮は剣撃の合間にちらりと戒人を見ると、赤鬼も同じように、戒人の剣撃を受け止めるのに精一杯という様子だ。今までなかなか尻尾が掴めなかった黒龍の上級幹部を捕らえる絶好のチャンスである。

「蓮、生け捕りだ。殺すなよ?」

戒人が、赤鬼を壁際まで追い詰めながら言った。

「はい」

蓮は刀を握り直し、青鬼の懐を狙って次で決めようと力を込め、大仰に振り上げながら、はっと気づいた。まずいと思った時には、大きく振りかぶった右腕に、鋭い痛みが走り、そのまま刀を持つ手が緩んだ。その少しの隙を見逃さず、青鬼が斬り込んでくる。力の抜けた刀が、体重を掛けて振られた青鬼の刀とぶつかった途端に弾かれ、蓮の手をするりと抜け落ち、勢いよく床を滑っていく。そのまま、青鬼は刀を振り仰いだ。間に合わない――!!

「蓮さん危ないッ!!」

襟首にぐいと力が掛かったと思った瞬間、蓮は、背後へと体を思い切り引かれる。予想外の方向からの衝撃に、蓮は受け身を取るのも忘れて尻餅をついた。顔を上げると、一瞬で蓮を引っ張って下がらせた勇馬が、代わりに青鬼の刀を受け止めていた。その背中を見上げた途端、脳裏に嫌な記憶が蘇《よみがえ》る。

自分に向かって振り上げられた刀に、死を覚悟した瞬間。突然目の前に立ちはだかった背中。いつまで経っても訪れない痛み。ただ目の前の背中を見上げているだけの、自分。じくりと、右目の奥が痛み出し、鼓動が早鐘を打つ。二、三度、刀がぶつかり合う高い音が響いた。青鬼の剣先が勇馬の左足を掠《かす》め、血が吹き出す。怯《ひる》みながら、鋭い剣撃をぎりぎりのところで防いだ勇馬が、がくりと膝をつく。青鬼が、一度ぎりぎりまで引いて、突きの構えを取った。右目の痛みが耐えられないほどに達して、思考が真っ白に染まる。

「やめろォッ!!」

気づけば、左腹部に激痛が走っていた。青鬼が勇馬に向けて放った渾身の突きを、蓮は無意識に一瞬で移動して、体で受け止めていた。腰の刀は、先ほど青鬼に弾かれて飛ばされたままだ。気が遠くなるような痛みに耐えながら、蓮は、腹部に突き刺さったままの青鬼の刃を両手でがしりと掴んだ。刃先に帯電する微弱電流がびりびりと、手袋を伝い皮膚を焼いていく。青鬼は、刀を抜き戻そうと引くが、蓮も負けじと両手に力を込めた。対からくり戦闘用の特殊加工手袋でも防げない刀の切れ味に、黒龍も良い武器を持っているな、とどこか場違いな思考が過ぎる。痛みで体はどうにかなりそうなのに、思考はどこかで冷静だった。引き合う刀がふるふると揺れるたびに、蓮の腹と両掌から、ぼたぼたと鮮血が零れ落ちていく。

「蓮!!　……くそっ」

決着が付いたのか、膝をついた赤鬼の手から刀を奪ってから、戒人がこちらに向かってくる。青鬼が戒人に気を取られたのを見計らい、蓮は歯を食いしばりながら、渾身の力を込めて青鬼を蹴り飛ばした。上がり続ける息を整えながら、蓮は、ゆっくりと青鬼の刀を腹から引き抜く。傷口から、どばりと血が流れ溢れる。蓮はふらつく体を必死に支えながら、そのまま、奪った刀を青鬼に向け構えた。

「蓮、俺がやる!　無茶をするなッ」

戒人の静止の言葉を、おぼつかぬ頭の片隅で聞き流しながら、蓮は素早く一歩を踏み出した。

パァン――。

乾いた一発の銃声が響いた。室内にいた全員の動きが止まり、続いて、ガタリと鳴った音の先に視線が集まる。そこには、銀咲が、拘束されている椅子ごと床に崩れ落ちていた。その左胸は、じわりと赤く染まっている。

「なっ……」

戒人が、急いで銀咲の側に駆け寄る。痛みで朦朧《もうろう》とした思考をなんとか保ちながら、蓮は周囲を見渡す。先ほど戒人が割った大窓の枠にもたれ、月明かりを背負いながら、ふわりとそよぐ風に黒いローブをはためかせる、黄色い鬼の面をした人影。

「黄鬼……」

勇馬が、ぽつりと呟いた。そこには、黒龍最強と聞く、黄鬼が音もなく佇んでいた。煩《うるさ》く響いていた剣撃の音が止み、室内は不気味な静けさに包まれる。形勢は再度逆転されてしまった。

「白狼、の……きみ、は」

「銀咲長官！　しゃべらないでください。すぐに救急隊が駆けつけますから！」

「灰《はい》、鴉《がらす》を……み、く……」

「!?　銀咲長官！　応援はまだかッ……!!」

戒人の苛立った声が耳を掠める。蓮は、落ちそうになる瞼《まぶた》を堪《こら》えながら、黄鬼の手に握られた黄金色の銃が、月明かりを浴びてキラリと光っているのをぼんやりと見ていた。ぼやけ気味の視界が、一瞬だけキラリと眩しく光ったかと思うと、小さな爆発音とともに広がった白い煙にゆっくり染められていった。

◆　◆　◆

「失礼しま〜す！　蓮さん、桃持ってきましたよ、桃！　今が旬の、あまーいやつ。蓮さんのだ〜い好きな、甘くて、美味《おい》し〜い、高級桃でっす！」

「……ありがとう、勇馬。でも、あんまり大声で言わないで……恥ずかしいから」

病室の扉の前で、笑顔で見舞い品の説明をしてくる勇馬に、ちょうど脇を通りかかった看護師たちがくすくすと笑いを零していった。蓮は腹部の痛みを警戒しながら、ゆっくりと、寝ていた体を起こす。左腹部に負った傷は思っていた以上に深かったらしい。緊急手術後、一週間が経ったが、未だに体を起こすのさえ億劫な日々が続いている。

蛍雪館で、蓮が出血多量で意識を手放したすぐ後、新たに登場した黒龍の黄鬼は、閃光弾を使って、残った幹部たちとともに瞬く間に逃げていったという。戒人は、重傷の蓮と足を負傷して動けない勇馬、そして瀕死の銀咲をそのままにして後を追うのは憚《はばか》られたらしい。

この蛍雪館襲撃事件の後、銀咲の死の真相は特別秘匿とされ、現場は、駆けつけた十三番隊の部下数名と、零番隊の指揮で丁重に処理された。政府はこの一週間もの間、事件のことを伏せていたが、昨日ようやく会見を行い、何者かによって蛍雪館が襲撃され、勘定奉行所長官・銀咲大和を含む数名の政治家、資産家が殺されたと世間に報道した。黒龍の犯行であることは一切伏せたまま、一週間経った今も、犯人グループは依然調査中とされている。

この秘匿について、戒人は首をひねっていたが、政府から直々の命だと言った令恩の言葉に渋々頷いていた。直接現場を担当した蓮と勇馬はもちろん、応援に駆けつけてくれた数名の十三番隊隊員たちと零番隊も、このことを白狼内の仲間にさえ漏らすのを禁じられている。何故、そのような異例の事態になっているのか、蓮には理由はわからなかったが、勇馬は黒龍相手にせっかく戦果を上げたのに、それがなかったことにされて不満、という様子だ。

白狼内の他の者たちには、襲撃犯は正体を隠した新手のテロ勢力、というような曖昧な説明がなされたようで、総隊長は政治的な問題が絡んでいるからと、政府の諜報機関に回し、これを白狼の管轄外の事件として捜査を打ち切った。

「蓮さん、はい。桃剥《む》けましたよ、どうぞ！」

いつの間に剥いていたのか、勇馬は自信たっぷりの笑顔を添えて、熟《う》れた桃を乗せた皿を寄越した。もう食事はできるし、せっかく勇馬が持ってきてくれた見舞いなのだ。蓮は礼を言って一つ手に取る。一口含むと、瑞々《みずみず》しい甘さが口いっぱいに広がっていく。

「美味《うま》い……」

「良かった～！　青果市場の競りに並んで買ってきた甲斐がありますよ」

「……わざわざすまないな。おまえも左足、治ったばかりなのに。わざわざ俺の見舞いなんて。その傷だって、元はと言えば俺のせいで……」

蓮は、桃をごくりと飲み込むと、力無く頭《こうべ》を垂れた。勇馬は青鬼との戦闘時に、蓮を庇って左足を切り裂かれたのだ。幸い傷は浅く、昨日無事に退院したのを見届けてほっとしたのも束の間、今日は、病み上がりの体で遠くの競り市場にまで足を運び、蓮の喜びそうな好物を買ってきてくれた。勇馬の優しさはありがたいが、自分に対し、そこまで気を遣ってくれなくてもいいのにと、蓮は申し訳なさでいっぱいになる。人の世話を焼くのは好きなほうだが、逆に自分がしてもらうのは、どこか落ち着かない。

「あの怪我は蓮さんのせいじゃないですって。っていうか、もう治りましたし！」

「そう、だけど……本当にあの時俺、油断してた。死ぬかと思った時に、おまえが庇ってくれて、頭が真っ白になって……」

「俺なんて、蓮さんがいなかったら、今までにもう何十回死んだかわかりませんよ。毎回、あ、これ死んだかもなって思ったら、蓮さんが敵を華麗に倒してくれてるんで。それがこないだ、やっと一回分返せて、俺は嬉しいんですけどね」

「……」

「上司とはいえ、四つも年下の蓮さんに、いつも守られてばっかりなんて、かっこ悪いですから。たまには、俺のことだって頼ってくださいよ！」

「ありがとう……」

勇馬の心強い言葉に、蓮は急に気恥ずかしくなって、目を逸らした。勇馬はにこりと茶目っ気たっぷりに笑うと、残りの桃を器用に剥きながら、とりとめのないことをぽつりぽつり話し始める。

「……しっかし、初めて対峙したけど、黒龍の上級幹部も強いのばっかりですね～。あんまり奴らが直接表に出てくることはないって聞いてました。俺、ずっと疑問だったんですけど、黒龍の幹部は大体がバースト……ってことはもしかして、バースト設備を奴さんも持ってる……なんてこと、ないですよね？」

勇馬は、うんうんと唸りながら、綺麗に切り分けた桃を皿に乗せていく。

「優秀な技術者がいて、最新鋭の設備と十分な資源がないと、戦力としてバーストを維持するのは難しいと思う。バースト一人生み出して、一生その生命活動を支えるのに、国の年度予算の半月分くらいかかるって、ラボで聞いた気がする」

「そ、そんなに!?　なんか、急に自分がすごい人間のように思えてきた……自分が怖いっす」

蓮の聞きかじりを元にした説明に、勇馬は大げさに声をあげて縮こまった。

「でもそれなら尚更、なんで黒龍にバーストがいるんですかね？　ラボでバースト手術を受けた者は、全員が全員、白狼に行くように完璧に管理されてるし……うーん」

「俺たちが白狼に入る前……まだ、白狼もバーストラボも、今みたいに体制が整っていなかった時期があったと思う。革命戦争の前後だったかな。混乱に乗じて、人材が多少流出したっていうのは、聞いたことある……その時に、資材が持ち出されてる可能性もあるとは思うけど、俺も詳しくは知らない。黒龍に、何か気になることでもあるのか？」

「えっ？　あ、いや……」

　蓮がふとした疑問を投げかけると、勇馬は、歯切れ悪い口調で言い淀《よど》んだまま、口ごもった。勇馬が、ここまであれこれと何かを聞いてくるとは珍しい。上から知らされる最低限の情報だけで満足し、あまり小難しいことには興味を持たない人物だと思っていた。

「こないだ、突入してすぐ、玄関ホールでの戦闘中に……なんか懐かしい声が聞こえたなと思って。でも、勘違いだと思いますけどね～」

「懐かしい声？」

「一瞬、死んだ瑞希姉ちゃんの声が聞こえたような気がしたんです。疲れてたから、俺の脳内が勝手に生み出した空耳だよなって。姉ちゃんを奪った黒龍たちを目の前にしてたから、気づかないうちに頭の中が沸騰してたのかも」

　勇馬は切ない表情で微笑んだ。勇馬には、ともにバーストになった瑞希という姉がいたが、彼女は養成学校時代に、黒龍のテロに巻き込まれて亡くなったという。だが、彼女の最期の瞬間を自分の目で見ていない勇馬は、しばらくはその哀しい現実を受け入れられなかったらしい。どこかで生き延びているかもしれないと、心の片隅で願い続けながら、強くなろうと己を叱咤して生きてきた、と彼は言っていた。この白狼にいる隊員たちは、皆が少なからず同じような境遇を経験している。孤児として生まれ、身寄りのない幼少期をスラムで過ごし、少ない縁者たちとは哀しい別れを迎えた。だからこそ、今の仲間たちを守りたいと願い、戦っている。蓮の心に、ここ数日の間、怪我をしてすっかり心の隅に追いやっていた憂鬱な問題が頭をもたげてきた。低下する思考を妨げるようなタイミングで、来訪を告げる呼び出し音が鳴った。

「思ったより元気そうね、蓮。あ、勇馬君も来てたの？」

応えると、扉を開けて莉々が入ってきた。その姿を視界に捕らえた途端、蓮は、ベッドにだらしなくもたれている自分の格好に気づき、慌てて乱れた髪の毛を撫でつけ、着崩れを直した。もう随分と付き合いも長く、気の置けない仲であるとは思っているが、彼女の前でだらしなく、しかも弱り切っている今の姿を晒すのには抵抗がある。しかしそんな蓮の様子などおかまいなしという態度で、莉々は見舞いに持ってきた花をいそいそと、備え付けの花瓶に生けていく。

「右腕の次はお腹だなんて……こないだは、随分無茶な戦い方をしてたって、戒人さんが怒ってたわよ？」

「……右腕は、もうほとんど治ったし大丈夫だよ」

「じゃあ本当に治ったのか、確かめてみようかしら」

言うが早いか、莉々は蓮の右腕を取り、巻かれていた包帯を取る。包帯の下には、先日の戦闘でまた開いてしまった傷口から、僅かに固まった血が覗いていた。そこへ、莉々がぺろりと舌を這わせる。

「ん〜、これは……全然、大丈夫じゃないみたいね」

「う……」

莉々のバースト強化能力は味覚だった。その解析力は職務の中でも重宝され、その舌を持って、彼女は様々な情報を拾っている。たとえば血の味からは、精細な味覚で血中の成分分析を行い、その血の持ち主の特定から、健康状態まで判別できるのだ。蓮の今日の血は、赤血球がかなり薄く、まさに病人の味ね、と言われてしまった。

「いくらあなたがS級でも、限度があるわよ。それに、負担がかかるのは、体だけじゃない、心も、なんだから」

「うん……ごめん、心配掛けて」

「わかればいいのよ、もう！　蓮が大怪我負ったって聞いて、本当はすぐ会いに来たかったのに、潜入任務で全然動けないしで、あーあ、私も疲れた〜」

莉々が、少しだけ頬を膨《ふく》らませながら言った。

「あの〜、俺、別の用事があるんで、そろそろ」

そう言うと、勇馬は立ち上がりさっさと桃を片付け、帰り支度を始めてしまう。

「えー、もう行っちゃうの勇馬君。せっかく久々にお話できると思ったのに」

「莉々さんに残念がってもらえるなんて、嬉しいな〜。でも、すみません！　じゃあ、蓮さん、頑張ってくださいよ。俺は、応援してますからね！」

「え？　ちょっと、応援って」

蓮が焦った声を出すと、勇馬はさっと近づいてきて、蓮にだけ聞こえるように囁《ささや》いた。

「大丈夫ですって！　蓮さんなら、やればできるって、俺信じてますよ！」

「だから、何が？」

「駄目ですね〜。せっかくのお見舞いデートなんだから、もっとほら、笑顔で」

「デ、……違うから！　って」

勇馬は、内緒話もそこそこに席を立ち、右手の親指をぐっと立てて、にやりと笑いながら颯《さっ》爽《そう》と出ていった。蓮はというと、勇馬の妙な気の遣い方に頭を抱えたくなっていた。莉々は、勇馬の意図がわかっていないように、黙々と桃を食べながら首を傾《かし》げている。蓮は己のいたたまれない気持ちごと、場の空気を変えるための話題を必死に探し始めた。

「ええっと、莉々は、最近どうだった？　その、任務、ずっと忙しかったんだね。お疲れさま」

「そうなのよ！　もう、一ヶ月以上もずーっと屋内に閉じこもっての任務ばかりだったの。こないだ蓮に会った時は、ちょうど中休みでね〜……あ、そういえば」

明るい声音で話していた莉々が、何かを思いだしたような顔をした。

「こないだの昼。蓮、何か私に話があったのかな～って。食事に誘ってくれたでしょ？」

「えっ」

ふいに振られた話題に、蓮は戸惑った。そういえばあの日、悩みの原因を莉々に相談しようとしたことを思い出す。その後、重傷を負ってからこの一週間は、さっさと怪我を治して一日でも早く復帰しなければとばかり考えながら過ごしていたのだ。

「ええと……その……」

思考がまとめられないまま口を開いても、意味を持った言葉は出てこない。

「悩みって、最終的には、自分の意思で折り合いを付けなきゃいけないものだけどさ。他人に相談することで少しでも気持ちが楽になることもあるよ。私でよければ、話、聞くけど？」

「莉々……」

こちらをじっと見つめる彼女は、蓮が自分から話し出すまで、ただ静かに待っている。

「――もう、ずっと昔になくしたはずの大事なものが……ある日突然、目の前に現れて……」

蓮は、無理に思考をまとめようとせずに、ぽつりぽつりと、思うままに、素直な気持ちを紡いだ。

「……それが、もう自分の知ってたものとは、随分と変わってしまってて……」

莉々は蓮の言葉に口を挟まず、ただ頷き返しながら聞いてくれている。

「その……今の自分が大事にしてるものを、……壊そうと、してくる。今の自分にとって、悪でしかない存在に変わっていたとしたら……。あ、もしもの話だよ？　その、莉々なら、どうするかなって」

蓮は、悩みの種を、なるべくぼやかしながら伝えた。はっきりと現実を描写してしまえば、ただの勘違いかもしれないそれを、事実と認めたことになってしまいそうで怖いのだ。随分と抽象的な物言いになってしまっているだろうが、仕方ない。

「難しい話ね。うーん……そうね～……」

「……」

緩やかな沈黙が訪れる。窓から入った一陣の風が、莉々の持ってきた花と桃の甘い香りを混ぜ合わせながら、優しく鼻腔へと運んだ。

「今の自分にとって何が一番大事なのかを、もう一回考えてみる……まずは、それからかなぁ？」

「一番大事なもの……」

「昔、大事にしていたものと、今、大事にしているもの。それが、何故だか今はぶつかり合っちゃってるってことでしょう？　だったら、今一番大事なもの、守るべきものが何か、自分で結論を出さないとね」

「……」

「普通なら、迷わず今を取ると思うんだ。過去は、それがどんなに大事で、美しいものだったとしても、もう過ぎ去ってしまって、現実には存在しないもの……脳の中の、ただの記憶に過ぎない」

「う、うん……」

蓮は、どきりとして、思わず視線を下げた。蓮のこの悩み自体が、不謹慎なものではないかと、心の底ではなんとなくわかっていたからだ。

「だけど、過去がないと、今の自分もいないのよね。その過去を心の支えにして生きてきたって人も、多いんじゃないかな。特に、私たちみたいな職業は……。そう考えると、今の自分を脅《おびや》かすからって、ひと思いに思い出ごと切り捨てることもできない」

莉々の言葉に、蓮ははっとして息を呑んだ。莉々は、こちらを慰めるような優しい笑みを浮かべている。

「だから、どちらも大事にする方法はないか、足掻《あが》いてみる。一番難しいことだと思うけど……私なら、そうするかなぁ」

「足掻く……かぁ」

莉々の言葉は、明るく常に未来を見据える彼女にふさわしい答えだった。その強い意思が、自然と周囲にも力を与えてくれているように感じる。

「私の夢は、革命戦争で失った彼のやりたかったことを、代わりに叶えてあげること。彼は、バーストに未来を感じていた。新しい人類バーストたちが、この行き詰まった社会と人々を変えてくれるかもしれないって。だから、今の私にとって一番大事なものは、この仕事と仲間たち！もちろん、蓮もね」

「莉々……」

確かに、今の自分がこの白狼に入ったのには、過去のあの忌まわしい事件のせいであるし、それまでに培《つちか》ってきた幼い日の大切な思い出が、今を強く生きるための原動力にもなっていると思う。だが、今の蓮が下を向かず、ちゃんと前を向いて生きていけるのは、莉々のお陰だ。廃人のようになった自分を粘り強く見守りながら、心の闇から救い出して、新しい人生に彩りを与えてくれたのは、今目の前にいるこの人だ。その恩を返しながら、命を賭して守り続けたいと思っている。

「莉々が叶えたい夢……俺も同じだよ。俺は、この国の人々と仲間たちを守りたい。だから、バーストの力を使って戦う。今の大事なもの……仲間も、莉々のことも、俺が守りたい」

「はは。なんか、照れるね。でも……ありがとう」

◆　◆　◆

総隊長室へと続く廊下を歩いていると、戒人は、ちょうど扉から出てきた流風を見つけて声を掛けた。

「報告か？　お疲れさま」

「ええ。あなたはこれから？　蓮と勇馬の怪我の具合はどう？」

「勇馬はすっかり良くなったが、蓮はもう少し掛かる。おまえの隊にまでしわ寄せがいってしまって、すまないな」

「大したことないわ。気にしないで」

軽く挨拶を交わしてそのまま通り過ぎようとした時、流風は急に声を潜めて言った。

「黒龍の上級幹部はなかなか手強いもの、仕方がないわ」

「!?」

「……」

戒人は驚いて思わず立ち止まったまま、視線だけを隣に立つ流風に流した。流風は、戒人を見ることなく、真っ直ぐに前を見つめたまま、静かに言葉を続けた。

「……私は、誰からも真実を知らされてなどいないわよ。なんとなく腑《ふ》に落ちなくて、勝手に調べて予測しただけ。だから、今聞いたことは忘れて」

「あ、ああ……」

言いたいことを言い終えたのか、流風はさっさと行ってしまった。

戒人は、一人廊下に取り残されたまま思考を巡らせる。蛍雪館襲撃事件の真相は、総隊長である令恩、現場で対応した戒人、蓮、勇馬の三人、応援で後から到着した数名の十三番隊員たち、そして事後処理をした零番隊しか犯人を知らず、その情報は白狼内でも漏らすことを禁止されたはずだ。頭の良い流風は、当たりをつけて鎌を掛けてきたのだろう。

このような白狼内での情報秘匿は、戒人が入隊してから今まで、一度も経験したことがなかった。いったい何がどうなっているのか。おそらく、「蛍雪館を襲撃したのは黒龍である」という事実をなんとしても隠したい誰か……権力が、いるということだろう。あの日得た奇妙な違和感がまた頭をもたげてくる。

（灰、鴉を……み、く……）

銀咲大和の最期の言葉。彼は、みく、と言った気がする。「みく」が美紅のことだとするなら、つまり彼は紅椿と……。気になることはもう一つあった。戒人は、幹部の赤鬼と対峙したが、その戦闘中のすべてが、違和感だらけだったのだ。あの太刀筋を、戒人は確かにどこかで受けたことがある。だが、あの赤鬼と対峙するのは初めてであった。あれほど強い敵と当たれば、それが誰であれ忘れるはずなどない。戒人は自分の特異なバースト能力を過信しているわけではない。だが本当に、どこかでそれと戦ったことがあると、この体が覚えているのだ。

戒人は大きく首を振り、思考を中断した。これはもう自分の仕事ではない。もし必要であれば、その時に上が指示を出すだろう。自分が余計なことをして、現場を混乱させることは避けよう。

総隊長室の扉の呼び出しボタンを押すと、ほどなくして、堅牢な自動扉がスライドした。広い部屋の最奥に置かれた重厚なデスクで、豪奢な革張りの椅子に腰掛け、令恩が手元の資料を見ながら苦い顔をしている。待っていたぞと言われ、戒人は敬礼をし、急いで入った。

「白狼のエースの調子はどうだ？」

「はい。完治にはあと一ヶ月は必要と言われています。本人は、二週間で良いと言ってますが……。あいつがずっといないのは我が隊にとっても痛手なので、早く復帰してほしいのは俺も同じですが、医者が言うには、治りきっていなかった右腕の傷もまた開いてしまったというので、やはり完治まで休ませたほうがいいですね」

「やれやれ……悪いことは続くものだな。今日また、小規模だが襲撃があった。ヒト型……椿と、ドリルがいたそうだ」

「十二番隊が出動した件ですね。被害はいつもより少ないと聞きましたが……」

「巡回任務中の二番隊が五人もやられた。十二番隊が駆けつけた時には、もうほとんど終わっていて、逃げられちまったそうだ。こっちの被害ばかりが増えてく。ヒト型には、A級以上の精鋭に対応させる、というほうがいいんだろうが」

「……ですが、厳しいですね。それにA級以上のバーストとなると、実質は隊長級以上の者たちということになりますし。たった二十名足らずでは……」

「課題は山積みだな」

令恩は、ふぅと溜息をついて背もたれに沈んだ。戒人がちらりとデスクの上に散らばった書類に目をやると、どれも政府からの書類ばかりだった。最近では、白狼内部の総括以上に政府とのやりとりが増え、令恩はだいぶ多忙なようだった。顔にも疲労の色が滲んでいる。

「それで総隊長……話、というのは」

戒人が問い掛けると、令恩は笑みを消し、真剣な表情を作った。

「ああ、本題に入ろう。実はな、日輪銀行事件の例の貸金庫の借り主が見つかった。やはりというかなんというか、このトーキョーの最高権力に辿り着いちまうらしい。胃が痛くなるね。それだけなら良かったんだが……さらにあの蛍雪館の事件。その二件で上が直々に話があるって、俺たち二人が、呼び出されている」

「……ディスク強奪と、政治家たちの暗殺の責任を、我々白狼に取れと言ってきてるのですか？」

「いやいや、そういうことじゃない。ただ、そのせいで、上もかなり焦っていることは確かだ。彼らも悠長に構えていられなくなったってことだ」

「盗まれたのは……ディスクの中身は、いったいどんな情報だったんです？」

「それは俺も知らないし、教えてはくれないだろうな」

「それじゃあ、こちらも打つ手がないじゃないですか」

「うーん……」

戒人は、どこかしっくりとこない状況に、僅かな苛立ちを覚えた。政府の直下に置かれている白狼は、所詮は命令されたとおりに動く兵でしかないから、大事なヒントは隠されたまま真相だけを暴《あば》けと言われれば、そのとおりに仕事をするしかないのだ。そうわかってはいるのだが、心では納得できないことも多い……特にここ最近は。

「何故、銀咲大和の暗殺が黒龍の仕業だということを秘匿するんです？　これも、上からの指示ですか？　この一週間、何があったか世間にも伏せておいて、ようやく公開となったら、秘匿……それはまだ、理由もわかりますよ。政治家たちの間でもいろいろ事情があるのかもしれない。でも、何故白狼内にまで」

「まあ……そうだな。これにも、事情があるんだろうよ。なに、心配しなくても、ちゃんと引き継ぎ先の政府諜報が対応してくれてる」

令恩は、ふいと、自然な動作で戒人から視線を逸らしながら、戒人を安心させるような言葉を紡ぐ。逸らされた視線の先には、先ほどちらりと見た、政府からの書類があった。

「黒龍の幹部……それも、トップが三人もいました。その戦闘情報を流風の隊と共有すれば、今後の対黒龍戦の助けになります。それに、あの場に紅椿のからくりが一体いたことも。黒龍と紅椿が取引関係にあるかもしれないという重要な情報まで隠すんですか？　こんな大事な情報を、同じ仲間である白狼内ですら封鎖なんて……」

戒人は、ずっと燻っていた不満を正直に令恩にぶつけた。令恩とて、これが異常事態だということを十分にわかりきっているだろう。あの蛍雪館襲撃事件は、おかしなことばかりだ。なのに何故頑《かたく》なに動かないのか。本当に何から何まで、このまま政治家たちの言いなりなのだろうか。

「それに関しては、難しい話でなぁ。ま、なんというかその……うーん」

「言葉を濁しますね。あなたらしくもない。昔はもっと……」

「……相変わらず、俺に対しては手厳しいね、おまえは。俺も、もうここのトップ、総隊長になっちまった。八年前とは事情が違うんだって。察してほしい」

「なら、俺の勝手な想像で推《お》し量ってもいいってことなんですね」

「……」

「……内通者がいる、可能性を」

「はぁ……おまえ、もう少し、遠慮ってものをだな」

「仲間たちを疑いたくない気持ちはわかりますが。そういうことなんでしょう？　内部に隠すってことは」

「……情報ってのは、いつ、どこから、どういう経緯で敵に漏れるかわからんからな。それを見越して、今回は全面封鎖してる。あまり深読みはしてくれるな。それに、大事なのは……」

「……？」

　令恩は、続きを紡ぐのを躊躇うように言葉を切った。少しだけ伏せた目に、一瞬だけ迷いの色が浮かんだように見えたが、すぐに普段の強い長の眼差しに変わった。

「大事なのは結果だ。今、白狼全体に銀咲暗殺の真相を晒すべきではないと、俺より上の意見も踏まえて判断が下され、秘匿としている。それは、結果的にこの組織全体を守ることに繋がるという推測のもとに、だ。だからおまえも、納得してくれ」

「……わかりました」

話を終え、戒人はさっと踵を返した。すると、一つ忘れていたと、また令恩に呼び止められる。

「今度、新しいS級の新人が入ってくることになった」

S級と聞いて、戒人は思わず目を見張った。戦力を拡大するとは、先月の定例会議で決まったばかりだが、もうそこまで話が進んでいたとは。今までにS級のバーストは、戒人と蓮のたった二人しか生み出されていない。待望の三人目となる人員は、いるとは聞いていたが、実戦投入は随分と先のことだと思っていた。

「入隊はいつです……？　それと、配属先は？」

「まだ決めかねている。入隊は、一ヶ月は先になるだろうな。本人の出した希望と、こっちの空きが合わなくってな。ま、そのうち決まるだろう」

「……」

「おまえも数少ないS級同士、面倒見てやってくれよ」

「はい」

◆　◆　◆

からくり部屋の扉を開けた途端、むわりと、濃い椿の香りが鼻腔を刺激し、美紅は思わず眉根を寄せた。椿の香りは好きだが、こうも強烈な濃度で室内を満たされたのでは、心地良いというよりも臭いと感じる。壁の換気スイッチを最大に調整し、苛立ちを込めて足音を立てながら、美紅は緑の稼働ランプが点灯した充電寝台に近づいた。四台ある寝台のうち、現在は二台が稼働しており、凛と手斗が、全身から配線を繋いだ格好で並んで寝転んでいる。部屋の匂いの元凶である凛は、近づく美紅に気づかず、相変わらずその狭い精神世界で、無心になって椿の花びらをむしり続けているようだ。その横では芽駒が、凛の左腕から伸びる配線を繋ぎ調整している。

芽駒が、お疲れさまですと挨拶をして、作業の手を止め美紅に向き直った。それに適当に応えてから、もう一つの寝台に寝転ぶ手斗をちらりと見やる。手斗は、悪戯が見つかった子供のような顔で、怖々と会釈を返した。その態度からは、昨日のお仕置きが少しは効いたことが窺える。凛は椿の花びらを散らしながら、ぶつぶつと独り言を呟き、時折怪しく笑いを零した。その視線は、どこを見るともなく中空を漂っている。

「ねえ、凛……やっぱりあの傷はおそろいだったねぇ…………えー？　だって、あれは見間違いじゃないよ！　感動の再会っていうの？　違う……うー、違う？　違わないよ～あはは。凛が傷つけたんだよ！　あの腕。あいつの真っ赤な血……花びらみたいに綺麗だったね……もっと見たいね？　アハハハッ」

充電中は、微弱電流がヒト細胞を過剰に刺激して、特に感情が昂ぶり易くなる。とはいえ、最近は以前にも増して、凛の精神の変動が際立ってきている。美紅は、充電台のパネルを操作し、充電速度を少しだけ緩めた。途端に、びくんと凛の体が跳ねる。

「貴方は本当に椿の花が好きねぇ、凛」

美紅は凛の視界に映り込むように身を屈めると、ようやく焦点を定めた凛が、はっとして、嬉しそうに微笑んだ。

「美紅様！　ふふっ。だって、血みたいなんだもん。綺麗でしょう？」

凛の寝台は、むしった無数の花びらが毛布のように散らばり、遠くから見れば、血だらけで倒れているように見えなくもない。収まりきらなかったそれは、寝台から零れ落ちて、辺りの床まで埋め尽くしていた。

「で、昨日は何人、始末してくれたのかしら？」

「……んーっとね～……、五人！」

「そう……。良い子ね」

にこりと慈愛に満ちた笑みを浮かべながら、美紅は、寝そべる凛の頭をぐいと乱暴に掴んだ。

「でも、まだまだ足りないんじゃない？　次はもっと頑張れるかしら？」

一層強く掴むと、凛は痛そうに顔を歪ませながらも、恍惚とした表情で笑った。

「うんっ！　もっと、頑張る。美紅様、もっともっと、血が欲しいよね！　大丈夫、凛に任せて」

「ええ。期待しているわよ。それで……？　貴方は、今回はどうだったのかしら、手斗？」

ぞんざいな手つきで凛の頭を離し、隣の寝台に向き直ると、目が合った手斗はぎくりと背中を縮こまらせた。

「あー、その～。ちょっとしくじっちゃって！　一人、あと少しで殺れそうだったんだけど……惜しいところで、向こうの強いのが来ちゃってさぁ。ごめん、美紅様。このとおりっ‼」

両手を顔の前でパシンと合わせ、巫山戯《ふざけ》ているかのような軽い口ぶりで謝罪を口にする手斗の頭を、美紅は片手で掴んで寝台の淵に打ち付けた。

「いったぁ～～い！」

手斗は、痛そうに顔をしかめているが、その声はどこまでも陽気さを纏っている。

「ねえ、手斗。人に謝る時は、こうしてちゃんと、頭を下げなきゃ駄目って、教えたでしょう？」

「あはは！　手斗ったら、ま～た怒られてる～。もっと強くなって、たくさん、殺さないとね！」

「……ええ。凛の言うとおりね？　次は、もっと頑張るのよ」

「はぁーい」

「……あれ？　今日は美紅様、なんだか優しい？　いつもよりお仕置きが全然生ぬる……もがっ」

「しーっ！　凛ったら、余計なこと言わないでよぉ～！」

横やりを入れる凛の口を、手斗が慌てて塞いだ。美紅は、そんなやり取りには構わず、二人が繋がれている充電台のパネルをぼんやりと見つめる。昨夜はあまり眠れず、体は疲労感でずっしりと重い。

「……美紅様……やはり、少し休まれたほうが」

芽駒は、美紅を気遣うような、労《いたわ》りの篭《こ》もった視線を投げ掛けてくる。美紅は、彼女のその目から逃れるように視線を逸らし、不快さを全面に押し出して言った。

「そういうの、やめてくれるかしら……って、随分前に言ったわよね？　私のことを、自己管理もできない愚か者だとでも言いたいのね」

「……すみません、そんなつもりでは。ただ、あの方のこと……本当に残念です」

芽駒の言葉に、ドクリと心臓が跳ねる。内心の動揺を悟られぬよう、美紅は努めて冷静な声音で続けた。

「そうね。彼と連絡が途絶えて一週間、いったいどこで何をしているのやらと思っていたけど、まさかあんなことになっていたなんて。大事な資材調達先が、一つ減ってしまったじゃない。新しい仕入れ先を確保するのも骨が折れるのよね」

「…………ええ、本当に」

一週間もの間、行方不明だった銀咲大和勘定奉行所長官が、政府官邸から正式に死亡したと発表されたのは昨夜のことだ。銀咲大和は、紅椿にとって重要な取引先。その喪失は、手痛いものだった。そう、本当に、ただそれだけのことだ。

「ま、ここで死んだのなら、所詮は彼もそこまでの存在だった、ってことねぇ。志があったとしても、それを実行する力がなければ、何にもできないということが、よくわかって良かったわ」

まくし立てるように一気に言うと、芽駒は瞠目《どうもく》して強張《こわば》った顔のまま固まってしまった。美紅は、何か言いたげな芽駒のその顔を、何も言うなという意思を込めて睨み、手持ちぶさたを紛らわせようと、凛のむしった花びらの山を掬《すく》って弄《もてあそ》んだ。嫌な沈黙を壊すための話題を探そうと思考を巡らせていると、昨夜のニュースのせいで、大事なことを忘れていたことを思い出す。

「そういえば……黒龍の奴らから、取引の返事が来ていたとか言っていたわね？　昨日、連絡があったんでしょ？　こちらの希望する取引材料を、揃えられるのかしらねぇ」

美紅がちらりと視線を投げると、芽駒は、もういつもの冷静沈着な仮面をつけ直していた。

「それが……入手可能、だと」

「……！」

「……いかが、いたしますか？」

美紅は、寝台の淵に腰掛けて目を瞑《つむ》った。先ほどから騒いでいた凛と手斗も、いつになく真剣な空気を察したのか、口を噤む。

「……交渉に行きましょう。で、あちらはどれが欲しい、と言ってきてるの？　弐式でさえあの値段だもの。今度も、良い値で買ってくれるわよねぇ」

「!!　本当に、売られるのですか？　ヒト型を……」

いつも、美紅の意向には逆らわずに坦々と仕事をこなしてきた芽駒の瞳が、動揺を滲ませて揺れている。再度、質問に答えるようじろりと睨んで無言で威嚇《いかく》すると、芽駒はようやく重い口を開いた。

「……特に指定はされていません。こちらも、正式な戦力を明かしてはおりませんので。ただ、現役で実戦経験のある者を、と……」

「なるほどねぇ……。芽駒、貴方は渡せないわね……優秀な秘書がいなくては、私の仕事が進まなくなってしまうもの。それじゃ、凜、射愛、手斗、留湖《るこ》の中から選べばいいってことかしら？確かに、まだ実戦に出してない子も他にいるけれど、今から交渉の時までに急いで投入して育てるのも、厳しいものがあるしね……メンテナンス代も馬鹿にならないし」

終始口を挟まず、黙って聞いていた凜と手斗は、顔色も変えずに、ただじっと美紅の話に耳を傾けている。

「ま、此処《ここ》と黒龍、どっちにいたところで、やることは一緒。戦って、白狼と政府の連中を殺すってことに、変わりないでしょ。ああ、メンテナンスだけは難しいかもしれないわね。あちらにそんな技術があるとは思えないし。せいぜい一回こっきりの使い捨てにされないよう、最低限の設備もセットで付けてはあげるけれど……」

「そう、ですね。交渉に臨むのならば、早急に決めたほうがよろしいかと。もし、あの留湖を渡すのならば、次の襲撃にも投入させなければ。まだ、戦闘の実戦経験は積ませていませんし」

美紅はちらりと、凜と手斗に振り向いた。二人とも、笑うでも悲しむでもなく、真面目な顔をして聞いている。その表情からは、自分が道具として他の組織に売り渡されることに対し、何の疑問も抱いていないのが見て取れた。そのどこまでも純粋な視線に、美紅は何とも形容しがたい疲労感と苛立ちを覚え、それを紛らわすように、内心で深い溜息を漏らす。

「……貴方が決めてくれて構わないと言いたいところだけれど……戦力的に一番使えない子になるでしょうね。交渉までに、留湖が少しでも向こうのお眼鏡に叶うように育ってくれればそれでいいけれど。まだ、メンテナンス中だったかしら」

「……はい」

「交渉日程が確定してから決めてもいいんじゃないかしら？　そうと決まれば、さっさと準備を」

「美紅様……差し出がましいことを承知で申し上げます。……ヒト型からくりは、我々の切札です。万が一、黒龍がヘマをしてあの技術が白狼へ渡ってしまったら……相応のリスクも、懸念されるのでは」

芽駒は、何かを堪えるように切々と訴えた。まだ、交渉でヒト型からくりを手放すことを渋っている。彼女がここまで美紅に食い下がるのは、十年近くの付き合いの中で、今が初めてのことだった。美紅は思考を研ぎ澄ましながら、ゆっくりと言葉を紡いだ。

「……確かに、こちらの貴重な戦力情報が漏れて、あの白い駄犬に下手に力をつけられてしまうのは避けたいわ。それは、私も十分承知しているつもり。けれど……我々の目的は、目の前の些事《さじ》じゃない。貴方も、わかっているはずよね？　どれだけの犠牲を払ってでも、壊さなければいけない標的があることを。そのためには、黒龍が用意すると言ったアレが、絶対に必要なのよ」

「……」

「ここは同じ反政府活動グループ同士、協力するとしましょう。なんとしてでも、手に入れましょう。もう一つの鍵を」

「……」

芽駒は、視線を足下に落とし、眉根に皺《しわ》を寄せたまま沈黙している。その、後ろのからくりたちとはまったく異なる反応を見せる彼女に、美紅は少しの安堵を覚えた。どう考えても、これが正常な心を保った者の、普通の情緒的反応だろう。ヒト型からくりは、ヒトの心を持っているのだから。

「こないだやっと手に入れたディスク……アレの設計図と、黒龍が交渉で持ってきてくれるという、もう一つの鍵。二つ揃えば、ようやく本格的に動き出せるというもの。この十年間の苦労も、報われる日が近いかもねぇ……どうせなら、記念すべき催事に、ぱぁっと、真っ赤な花を添えてやりたいわね……ふふ」

ようやく見えてきた壮大な目標を前にして、少しの痛手を惜しんでは、大事を成すことはできないだろう。強引に諭すよう綴《つづ》った美紅の言葉に、未だ心の整理の付かないような顔をしながらも、芽駒は渋々と頷いた。

「交渉はすぐにでも準備を、と伝えてね」

「……畏《かしこ》まりました。次の標的についてはいかがいたします？　第二ラボの予定地は、建物自体はある製薬会社のものを使い、内部の改造に着手しているようですが。秘密裏に進めているつもりなんでしょう、警備も堂々とは置けず、外は比較的手薄です。攻めるなら、今かと」

「そうね……近く建設予定なんて言っておいて、今ある建物の中にこっそり作り始めてるなんて、ねぇ？　そうして、予定よりも完成が早くなりそうだとか言って、すべて整った頃に急遽《きゅうきょ》お披露目《ひろめ》するつもりなんでしょうけれど。でも……予定は所詮、予定のまま終わってしまうということも、よくあるわ。そうよね、芽駒？」

「ええ」

「彼らが掲げる夢のバースト研究の二つ目のお城を、墓場へと変えてあげましょう。徹底的に潰してきて？」

「御意に」

応えると、芽駒はさっそく準備をすると言って、部屋を出ていった。

「そうそう……。貴方たち」

美紅は、上司たちの会話をおとなしく見守っていた二体のからくりに声を掛ける。

「黒龍との交渉材料に出されたくなければ、次の襲撃で成果を出すことね。わかっているとは思うけれど、私は温情など掛けないわよ？　弱い者が淘汰《とうた》され、強い者だけが生き残る、そう教えてきたんだから、しっかり頑張って頂戴ね」

「はーい！　凛、強いから大丈夫だよ美紅様。ねえ、血は？　血がまたたくさん見れるのかなぁ？楽しみだね、凛……そうだね？　ね？　あははは、うふふふふふふ」

「ま、できるだけ頑張るけどさ～。凛には負けるよ絶対。はぁ……」

「はぁ……愚かね、本当に」

美紅は、狂ったように笑い出した凛と、間の抜けた調子でマイペースを貫く手斗を一瞥《いちべつ》すると、床に散らばった花びらを踏みつけながら、足早に部屋を出た。

第三章　閉塞世界の武器

軍事奉行所長官・氷山聖輝《きよてる》は、この国の武力を動かす総大将である。特殊警察組織・白狼をはじめとするこの国の武力は、すべて軍事奉行所の管轄下に置かれ、各組織のトップは、政府官邸並びに軍事奉行所の意向の下に、日々の職務を全うしていた。

戒人は、穏やかな日差しが射し込む大きな窓から、眼下に広がる小さくなった街並みをぼんやりと眺めていた。政府官邸内に置かれた軍事奉行所は、地上五十階にある。いくらバーストである戒人といえども、ここから落ちたらひとたまりもないだろうな、とたわけた想像が頭を過《よ》ぎった。氷山長官に呼び出されて令恩とともに参上したは良いものの、呼び出した当の本人は急な会議が入ったらしく、かれこれ一時間ほど、こうして眺望の良い応接間で隣に立つ令恩とともにトーキョー展望に勤しんでいる。

国の科学力の粋《すい》を集めて作られたこの政府官邸は、地上百階、地下五十階建てのビル五棟から成っており、その周囲には、二百年前の第三次世界大戦時の核攻撃さえ防いだという鉄壁の超電磁バリア防御システム・玉響《たまゆら》を展開している。玉響は、対象物周囲にドーム型の電磁バリアを展開し、「反衝撃波システム」によって、バリア外から内部へと向けられたエネルギーを感知し、強力な電磁波エネルギーでそれを中和、バリア内にエネルギーが侵入するのを防ぐ。物理的な攻撃と、光線や電磁波動砲などの非物理的攻撃のどちらにも対応できるため、このバリア内は絶対に安心であると言えた。この玉響の防御システムが二十四時間展開しているため、外からは、一粒の小石さえ通さない。

玉響は白狼本部やバーストラボにも装備されているが、この官邸ビルのものは、広大な面積をカバーするためか、戒人が普段白狼で見ているそれの数倍大きい。さらに一階とその周辺の土地には、白狼の八番隊が配備され、ゲートを通る人間を常に厳しいセキュリティシステムで監視し、テロリストたちの万が一の官邸内流入防止に努めている。

首相や長官、その他政治家たちや、経済界の重鎮たちまで、この国の主要な政治機関はすべてこの五つのビルに結集して、その安全を保たれていた。最近では、活発化するテロを警戒をしてか、仕事の多忙を口実に、屋敷には戻らずにここで寝泊まりを続けているという臆病な政治家もちらほらいるらしい。この、無敵の要塞と言える政府機関を相手取り、未だに政権転覆を狙ってテロ行為を繰り返す犯罪者たちは、本当に強靱な精神力を持っているか、頭のネジが飛んでしまっているのではないか。そして、敵の本陣は強固すぎて直接狙えない代わりに、守りの弱いところの隙を突いて、少しずつ国そのものを壊していこう、というのは、やはり戒人にはさっぱり賛同できない考え方だった。取り止めのないことをぼんやり考えていると、背後の扉が、スイと開く音が聞こえる。

「待たせてすまなかったね。令恩総隊長、戒人隊長」

振り返ると、待ちくたびれた相手、氷山長官が穏やかな笑みを湛《たた》えて立っていた。

◆
◆
◆

「君の活躍は、令恩総隊長からよく聞かされているよ」

向かいに座った氷山が、秘書の運んできた珈琲《コーヒー》カップを傾けながら、気さくな笑顔を浮かべて言った。戒人が恐縮だと返すと、畏まらなくていいと、そのままいれたての珈琲を勧めてきた。次いで、軽食も運ばれてくる。そういえば、戒人も令恩も、昼食を取っていなかったことを思い出した。

「私も、ちょうど腹が空いていたところなんだ。話の前に、一緒にどうかな？」

氷山が、自分も食べていないからと言って、自然な動作で三人分の軽食をテーブルに並べる。このような畏まった呼び出しの席で、そんな軽い調子を見せるのは失礼に当たらないかと思ったが、隣に座る令恩がさっそく口を付けているため、戒人も遠慮なく相伴《しょうばん》に預かることにした。本当に軽く食べられるサンドイッチは、さすが大物政治家の口に入るだけあって美味しかった。食欲が満たされていくとともに、少しだけ緊張も解《ほぐ》れたように感じる。氷山は鷹揚に構えながらも、気さくで、細やかな気配りを忘れない。だが、その自然すぎる態度が、逆に不自然にも感じた。気さくな様子は、実はそれが、彼がわざわざ作った隙なのではないかと勘ぐってしまう。考えすぎかと思ったが、ふと合った灰色の瞳の奥に滲む確かな威厳を見つけ、やはりただものではないという印象を抱いた。和《なご》やかな談笑を交えながら食事を終えると、少しずつ、話題は

仕事のことに傾いていく。

「先日の蛍雪館の事件でも、活躍してくれたそうだね。君は、若いうちから十三番隊の隊長を務めてくれている、文武両道で実に優秀な人間だと聞いている。そのバーストの中でも特異だと言われている能力も含め、私はおおいに期待しているんだ。君のような聡《さと》い人間にこそ、今後の白狼を率いてもらいたい」

「私もそう思います。戒人は、自慢の部下ですから。こいつほど頼れる男は他にいませんよ」

「れ、令恩総隊長」

戒人を絶賛する氷山に、令恩が思いがけず賛同の言葉を繋いでくれた。戒人は、直属の上司からの急な称賛に、嬉しさと同時に気恥ずかしさを覚え、柄にもなく顔が火照《ほて》るのを感じる。そんな戒人の反応ににこりと一つ微笑み返すと、氷山は、今度は気さくな態度から一転して、真剣な表情でじっと戒人を見据えた。ようやく本題に入るのかと、戒人は、緩んだ気持ちを引き締めるように、居住まいを正す。今日呼ばれたのは、あまり良い理由からではないのだ。こちらの気持ちの準備が整ったのを見計らったかのように、しばしの間を置いて、氷山は真剣さを滲ませた口調で丁寧に言葉を紡いだ。

「私も君たちも、立場は違えど、志を同じくする者同士。この国の安定循環を願い、日夜、各々に与えられた使命に励んでいると思う」

政治家たちの間では、白狼に強大すぎる力を与えるのは、危険ではと唱える武力慎重派も多い。彼らの多くは、バーストが貧民出身であることに対する差別意識を持ち、その驚異的な力を恐れて化け物扱いしたり、肉体を改造するなどおぞましいと侮蔑《ぶべつ》の目を向ける。国民の間でも、ようやく平和を守る力として存在意義が認められてきたとはいえ、未だにその視線の根底には侮蔑の念が混じっているのが現状だ。

　そんな中で、この氷山という男は、バースト推進化を強く推し進める、軍拡政策鷹派の筆頭だった。自分たちにとって、白狼という刀を抜く武将のような存在だ。武力慎重派出身である現首相よりも、この男が自分たちにとっての何よりの上司、という隊員さえいるほどに、白狼からも慕《した》われている。この口ぶりでは、氷山は、自分たちのことを、貧民出身とは差別せず、仲間だと捉《とら》えてくれているのだろうか。たとえ本心はそうでなかったとしても、なかなかに上手い物言いをするな、と戒人は密かに感心した。

「そんな中で、仲間を失うというのは、とてもつらいことだ。特に、好敵手という、互いを切《せっ》磋琢磨《さたくま》しながら競い合い、高め合うことのできる仲間というのは。……君たちも、そうだろう？　私も、胸が痛んだよ。実に悲しい出来事だった。信頼を寄せていた仲間に裏切られ、気づいた時にはもう、彼の口は永遠に閉ざされてしまっていたとは、ね」

「……」

　通訳が欲しいな、と思った。これが、おそらく氷山の本題なのだろうが、額面どおりに受け取っていては、まったく抽象的すぎて、意味がわからない。

政治家というものは、はっきりと物事を口にしない。すべてが曖昧で、抽象的なのだ。言葉をわざとぼかして、解釈を相手に委《ゆだ》ねることによって、自分を優位に立たせる術《すべ》に長《た》けている。もしその言葉を誤解釈したまま行動して、彼の意に反する結果をもたらしたのなら、「そんなことは一言も言っていない」と責任を押し付ける。成果をあげた場合は「ほら、自分の言ったとおりだっただろう」と自分の手柄にする。決して自ら命令することなく、すべてを掌握し、排他していく。

実に有能な権力者らしい策だなと、戒人は素直に感嘆した。だが、彼の話の意図がわからない。戒人は、彼がさらに言葉を続けるだろうか、と、相槌《あいづち》を打つこともなく、ちらりと視線だけを送るが、にこりと微笑み返されるだけだった。令恩は、氷山の意図を理解しているのだろうか、それとも慣れているのか、我関せずといった態度でのんびりと食後の珈琲を飲んでいる。

穏やかな午後の茶会のようだった空気は、今や完全に凝固していた。まるで、法廷に立たされ、裁判官の判決を待つ被告のような気分だ。戒人は、緊張で背中に冷や汗が滑り落ちていくのを感じた。

戒人は、今ここに自分が呼び出されている理由を思い返す。それは、先の日輪銀行襲撃事件、さらに蛍雪館襲撃事件が起きたため、と令恩は言っていた。どちらの事件も、戒人率いる十三番隊が現場を担当し、結果的にいえば任務は失敗。その責任者は当然ながら、隊長である戒人だ。だがその責任を追求したいわけではないらしい。ならば彼の目的はいったい何だ。氷山の優秀な手駒として使えるかどうか……その度量を測られているのだろうか。

先ほど彼の言葉を整理すると、「信頼していた、良き好敵手でもある仲間に裏切られたが、気づいた時には彼の口は永遠に閉ざされてしまっていた」ということだが、この信頼していた仲間というのは、もしや銀咲大和のことなのではないだろうか……そう考えると、様々な辻褄《つじつま》が合ってしまうように感じた。政界の裏切り者が銀咲だったというのなら、戒人が彼の死の間際に聞いた、「みく」という名前が、やはりあの美紅であり、銀咲が紅椿と通じていたことになる。銀咲と氷山はそれぞれ、武力強化政策への慎重派と推進派として、政策では対立していたが、互いを良き好敵手として認め合っていたと聞く。その銀咲ほどの大物政治家がまさか敵と通じていたとなると、現政権にとっては大スキャンダルではあるが、おそらくこの氷山にとっては都合がいい。銀咲は、氷山と敵対する、バースト化推進反対派だったのだから。

現政権内にある二つの派閥。政権の武力化推進派の氷山と慎重派の銀咲は長年に渡り、各派閥のトップとして君臨し、ほぼ互角のライバル関係を続けていた。表面上は盟友のように振る舞っていても、その裏では、常に銀咲を政界から振り落とすチャンスを狙っていたのだろう。ならば今、銀咲の裏切り行為を世間に暴露し、慎重派を追い込めば、彼ら鷹派は政権を有利に握れるのではないか。銀咲という聡明な実力者が偶然にも排された今、銀咲が紅椿と通じていたという確固たる証拠さえ公開すれば、慎重派は……。

そこまで一気に思考して、戒人ははっとして顔をあげた。流れるように自然と、思考に浮かび上がった一つの可能性が、するりと口から零れていく。

「公表できる証拠が……揃っていないのだとしたら……」

「……」

氷山は、一瞬だけ驚いたように目を見開いたが、すぐにもとの柔和な笑顔へと戻った。その口の端は相変わらずにこりと上がってはいるものの、眼光は先刻までとは比べようもないほどの鋭さで戒人を射貫いている。銀咲ほどの大物……もうずっと政界でトップを走り続けてきたあの賢い男が、そう簡単に癒着の証拠を掴ませてくれるとは思えない。紅椿との関係は疑惑止まりであり、確定的な証拠は、おそらくまだ掴めていない。だから、今の段階では世間にも公表できないということなのだろうか……本当に、それだけだろうか。

「……からくり、などというおぞましい殺戮兵器は、この国を破滅へ導く鉄の死神のようだと私は思うよ。それを作った彼らを、このまま野放しにすることなどできないだろう。いくら逃げられようと我々は諦めない。必ず、足りない証拠を揃え、彼らには然るべき正義の裁きを受けてもらうつもりだ。そうでなければ、志半ばに散った彼も浮かばれないだろう。それに私は、これ以上大切な同志を失いたくない」

銀咲を襲撃した犯人が黒龍だということは、証拠も揃っているし、報告ですでに上に伝えてあると、令恩は言っていた。それを、氷山も知っているはずなのだが、何故、足りない証拠を揃えて、などと……まさか。

この口振りは、銀咲を殺したのが、からくり……紅椿だというように聞こえる。彼の言う足りない証拠とは、銀咲と紅椿の繋がりのことではないのだとしたら……？

今度は、戒人が驚かされる番だった。思わず、ぱっと顔を上げて視線を合わせると、氷山は、ゆっくりと、大きく頷き返す。まるで、確認のための言葉はいらないというような、余裕に満ちた顔だ。

おそらく彼は、銀咲大和暗殺事件を、紅椿の仕業だと見せかけたいのだ。犯人グループが未だに不明という報道を続けていれば、おのずと世間は予測を始める。そこで真っ先に疑いの目を向けられるのは、とりわけ活発にテロ活動を続ける紅椿だろう。だとすれば、犯人が黒龍であることをわざわざ隠し続けることにも納得がいく。

紅椿と銀咲の癒着証拠の確たるものは、本当にまだ見つかっていないのだろう。引き続き、彼の政治仲間や会社、身辺に張り込み、証拠を探り出す。今は焦らずとも、その後、しっかりと尻尾を掴んでから報道すればいい。その時、二つのバラバラな事件が、時の悪戯によって、自然な流れのもとに、帰結してくれる。紅椿と銀咲の癒着発覚というスキャンダル……もしや銀咲は、情報流出を恐れた紅椿によって殺されたのではないか、と。

「これ以上大切な同志を失いたくない」という氷山の言葉はつまり、紅椿との癒着疑惑者は、他にもいるということか。だから、癒着の筆頭である銀咲を、紅椿が、組織に不利な状況になったからという理由で殺したと見せかければ、下っ端の政治家たちが慌ててボロを出す。そこを一網打尽にすれば、慎重派を一気に引きずり下ろし、推進派の政権は揺るぎないものに仕上がるだろう。

あの襲撃現場で生き残った黒龍幹部三人は、銀咲の死の真相を知っているが、黒龍とて、紅椿に疑いが掛かってくれたほうが、都合がいいだろう。黒龍と取引関係にあるだろう紅椿に、真相を伝えてわざわざ波風を立てる必要はないから、黙認するに違いない。氷山の考えるシナリオが、もし戒人の推測どおりだとしたら、令恩が言っていたとおり、彼も本気で焦っているのかもしれない。黒龍を多少野放しにしてでも、政治家と紅椿の癒着を根絶やしにし、紅椿掃討に全力を向け始めている。遡れば、その始まりはあの貸金庫から強奪されたディスク。まさかあのディスクに、それほどまでにやばい情報が入っていたとでもいうのだろうか。

長い思考を終えて、戒人は目の前の強《したた》かな男を見据える。穏やかに微笑むその裏で、彼はいったいどれほどの策略を練っているのだろう。銀咲大和の死が、目下、対紅椿への一番有効なカードだということを見抜き、的確にその手足である白狼を動かす。それも、指示の一つも与えずに。

戒人は、歴戦の智将を思わせる彼のその知略に、知らず身震いした。

「すでに、手は進めてくれているようだが、令恩」

「はい。三番隊には、全力で、彼の所有する会社関連の潜入にあたらせています」

令恩の言葉に、戒人は些か驚かされた。確かに最近、三番隊の連中があまり本部にいないと思ってはいたが、もう諜報に動き出していたとは。令恩は、終始黙っていたが、すべてを承知済みで、氷山が戒人を試すようなやりとりに付き合っていたのだろう。食えない人だ。昔からこの人は、育てるという行為をすべて実戦の形でしかやらない。だがせめて、戦場に送り出す前にヒントくらいは与えてほしい、といつも思うのだ。胡乱《うろん》な目で上司を見ると、それを見越していたのか、令恩はにやりと不敵な笑みを返してくれた。

「我々も、そろそろ先手を打たねばならない。守りに徹していては、切り抜けられない局面に差し掛かっている。今日交わした言葉の意味を、君が正しく理解してくれることを、切に願うよ」

氷山は、腕時計をちらりと一瞥し、そろそろ話を切り上げようという雰囲気を出した。

「……承知しました」

「君が優秀な人間で助かるよ」

こちらが、彼の思惑を正しく理解したと、彼は認識したのだろうか。確認することはできぬまま、戒人は、彼という巨大な意思の末端に繋がれてしまったような錯覚を覚えた。

「このトーキョーという最後の楽園に住まう人々が皆、バースト技術に、未来への希望を抱いている。その希望を、どうか守ってみせてくれ。それが私の願いだよ」

そう言って、氷山は優しく微笑んだ。眼鏡の奥の灰色の瞳には、揺らぐことのない強固な意思が透けて見える。彼は「願い」だと言ったが、これはきっと願望ではない……有無を言わさぬ命令だ。

◆　◆　◆

第二バーストラボ予定地である政府系製薬会社・垂氷《たるひ》の研究所が紅椿のからくりに襲撃され、隣接する孤児院や学校も巻き込まれ被害を受けているとの通報が入ったのは、つい一時間前の、午前一時頃。ラボ内で深夜警備についていた一般警察と七番隊隊員が応戦するも、まだ正式な警備システムを構築していない建物は超電磁バリア玉響システムもなく、からくり機械の強襲にあっけなく侵入を許した。

七番隊は、隊長の鳴子以下、十名が警備についていたが、予想以上にからくりの数が多く、彼らだけでは厳しいと連絡を受け、十三番隊が出動。蓮は、復帰後初の大きな任務に、少しの緊張を感じながら、到着したばかりの現場の確認を始めた。五階建ての製薬会社ビルと、敷地を同じくした孤児院、学校も、辺りは一面火の海。地上では銃式からくりの蟹がところ構わず火炎を放ち、ビルの上では刀と鎖鎌、槍を同時に振り回しながら朱鷺が舞っていた。どちらも、七番隊の隊員たちがバズーカ砲で応戦しており、内部からも爆発音が聞こえてきた。蓮は背後に控えて指示を待つ八名の部下を振り返った。

「恭《きょう》、渚《なぎさ》、青葉《あおば》、立夏《りっか》の四人は、屋上の朱鷺を。七番隊のバズーカ砲では分が悪いから、交代してやってくれ。今上で戦っている彼らには、下に降りて蟹の対応に加勢してもらおう」

名前を呼ばれた部下たちは、蓮の指示を聞くや否や一斉に目標へと駆けていく。

「残りの四人は……」

一際大きな轟音とともに、ビルの最上階の窓ガラスが粉々に割れ落ち、中から一人の少女……ヒト型からくりのロザリオが飛び出してきた。彼女は、ひらりと軽い身のこなしで学校の屋上に着地し、そのまま身を翻《ひるが》して逃げていく。その後を、身の丈ほどもある電磁バズーカ砲を担ぎながら、鳴子が追いかけていった。

「遅くなってすみません、鳴子さん！　ただいま到着しました。状況は？」

鳴子の姿を確認した蓮は、無線で鳴子に呼び掛けた。

『助かったわ、蓮！　中の設備だけど、最新型の狐からくりにヒト型、それに下っ端の戦闘員どもに、地下まで一気に侵入されてメインシステムをやられたから、ここは廃棄と判断、奴らもろとも自爆封鎖を作動させたところ。だから、内部は壊滅よ。でも、あちらの戦力はだいぶ倒したわ。もう、被害総額いくら……っと、今はそんなこと考えてる場合じゃなかったわね。とにかく、あとは残党狩りと、近隣に砲撃が飛び火してるのを、なんとか食い止めないと……ってもーッ!!　何よあの動き〜！　いい加減に、当たりやがれってのッ!!』

状況を伝えながらも、鳴子はロザリオへの攻撃を続けているが、すべてぎりぎりのところでかわされている。蓮は、ロザリオと対峙するのは初めてだったが、情報は本部でも聞いている。

赤々と燃える炎に照らされて、屋根の上で軽々と身を翻すロザリオは、片手に刀を構えてはいるが、鳴子の攻撃からは逃げるばかりで、応戦はしてこない。すでに彼らは目的を終え、退却の頃合いを窺っているのだろう。

「蓮さん、あそこに！」

部下の市松《いちまつ》が、突然背後から焦った声をあげて、ビルの玄関口を指さした。ぼうぼうと炎が吹き出し続ける玄関口から、ヒト型からくりのドリルと、一見すると男か女かわからない中性的で背の高い人物が、全身の至るところを負傷しながら、飛び出してきた。

「さっき、鳴子さんが自爆装置起動させて巻き込んだって言ってたけど……どうやって逃げてきたんだ、あいつら。まじで化け物かよ」

「……大きいほうも、未確認のヒト型と思って備えろ。実力がわからない以上は、危険だ……俺がやる。おまえたち四人は全員、あのヒト型二体に応戦してくれ。いくぞ！」

蓮の掛け声とともに、後ろで命令を待っていた四人の隊員が刀を抜き放ちながら走り出す。こちらに気づいたドリルが、背後に新しいヒト型を庇いながら、そのコードネームの由来となった特殊な電磁ドリルを構え、我先にと突っ込んでいった勇馬の太刀を受け止めた。ガガガと、ドリルが削剥《さくはく》音を立て、勇馬の刀を削るように火花を散らしながら高速で回転している。

「くっそ……なんて固さだよこれ」

勇馬がいったん退《しりぞ》くと、ドリルの間合いを囲んでいた三人が、すかさず次々と斬り込んでいく。

蓮はその隙に、大柄な新種との間合いを詰めた。いきなり眼前に現れた蓮に、新種の赤と青のオッドアイが大きく見開かれる。蓮は、意識を集中し、最速で抜刀した。新種が構えていた刀が、一瞬で真ん中から真っ二つに折れ、刃は勢いのままに飛び、コンクリートのビル壁に深々と突き刺さった。

「ひっ……」

武器を失った新種は狼狽えたように悲鳴をあげ、背後に飛び退き敵前逃亡を始めた。

「逃がすか」

蓮は膝を落とし、両のふくらはぎに力を入れると、一足飛びに新種の背後へと迫り、刀を振り上げる。突然目の前に、ふわりと赤い髪の毛が映り込む。ザクリ、固い鉄を斬った感触が両手に伝わった。

「ぐ、うぅっ」

重そうな音を立てて落ちたのは、ドリルの左腕だった。近くで勇馬たちと戦っていたはずのドリルが、蓮の目の前で新種を庇ったのだ。

「手斗っ!!　やだよ……手斗ッ!!」

庇われた新種が、よろめきながらもなんとか立っているドリルに慌てて寄り添った。断面からは、機械部品が覗いている。だらりと垂れた配線の端を血が伝って、流れを失った電流がパチパチと音を立てるたびに、僅かな血飛沫《ちしぶき》が散った。

「大丈夫だよ留湖……このくらい、美紅様に頼めばすぐ治してもらえる」

「でもっ……うぅ……ごめん、僕のせいで、ごめんなさい」

屈み込んだ大柄な新種の頭を、ドリルが、健在な右手で優しく撫でている。新種の赤と青の瞳からは、大粒の涙が次から次へと溢れ、流れていく。目の前で繰り広げられるやり取りに、蓮は何故か動けずにいた。あの恐ろしい殺戮機械であるヒト型からくりが、互いを慈《いつく》しみ労り合う様子に、驚愕を通り越し戸惑いを覚える。四人の部下たちも蓮と同じ気持ちなのか、唖然としていた。奇妙な沈黙の中、新種の嗚咽《おえつ》だけが響いている。

「わ〜楽しそう。ねえ、それって何の遊び〜？」

奇妙な静寂を、予想外の方向から聞こえた気怠げな声が塗り替えた。風に乗って、甘い、あの花の香りが鼻先を掠める。

「あたしもいれてよ……ねぇ？」

「ぐぁあッ」

銃声とともに、部下の市松の悲鳴があがる。振り返ると、椿が銃を構えて、一直線にこちらへ向かってきていた。

「市松!!　……皆、引け！　早く!!」

蓮は、急いで部下たちを遠ざからせた。あのヒト型は、今目の前にいる二体よりも、圧倒的に強い。椿は、走りながらも銃の連射を止めない。蓮の背後には仲間のからくりが二体もいるというのに、まったくお構いなしである。三発ほど弾き返したところで、拳を繰り出しながら蓮の懐目がけて椿が飛び込んできた。ひらりと飛び上がりかわすと、かつて蓮が心臓を貫いたことなどまるでなかったかのように軽やかな動きで、今度は蹴りを繰り出される。

蓮は攻撃をすべて避けながら、ここから椿を遠くへ引き離そうと、向き合ったまま大股で二、三度背後へ飛び退いていく。椿は、逃げる獲物を楽しそうに追い詰める、獰猛《どうもう》な動物のような目をして追ってくる。蓮は、混乱しかけた頭をなんとか落ち着かせ、状況を整理しようとした。

今まで気配はなかったのに、いったいどこから現れたのか……いや、そんなことより、今はこの強敵から皆を守らなければならない。部下たちには、厳しい相手だ。

「血を出してくれなきゃ、つまらないよ？　あははっあはははははぁ」

連射された銃撃を、ジグザグに走りながら避ける。考えないようにと思うのに、その顔は見れば見るほど、やはりあの凛に似ている。炎で照らされた夜空、そして近隣施設から漏れ出る明かりで、前回よりも視界は明るい。

鼻筋を横切る、大きな傷跡。厚い前髪で隠された左目。気づいてしまうごとに、疑惑が確信へと近づき、鼓動が嫌な音を立てながら高鳴る。反撃をしようと思うのに、何故だか刀を向けて斬りかかることができない。

「はぁ……つまんない！　逃げてばっかり……ぜんっぜん、ツマンナイじゃん!!」

防戦一方で逃げ続ける蓮に苛立ったのか、椿は一気に距離を詰め蓮の間合いに入ってきた。狂気に染まった紅い目と、正面から視線が絡み合う。

「させるか!!」

椿の背後から、勇馬が刀を穿《うが》った。椿は声で気づいたのか、ギリギリのところで勇馬の突きをかわし、再度距離を取りながら勇馬に向けて撃ってきた。突然の乱入者を、椿はギロリと睨み上げる。

「また、一人で無理しないでくださいよ」

「勇馬……すまない。助かった」

逃げてばかりで反撃しない蓮がおかしいと気づいているだろうに、勇馬は何も言わずに、信頼を滲ませた目をして一つ頷くと、隣に並んで構えた。

「当然ですよ。俺は、蓮さんの右腕ですからね！」

びくりと、椿の体が大げさに震えた。右手に銃を持ったまま、左手で、頭を抱えている。

「……？　なんなんだ？　蓮さん、こいつ……」

勇馬が「蓮」と言った途端に、また椿は震えた。その様子に、蓮は無意識に椿に駆け寄ろうとして一歩踏み出す。

「凛！」

「!?　蓮、さん？」

急に敵に呼び掛けた蓮を見て、勇馬が驚愕の声を上げた。蓮は、もうなりふり構わずに、叫ぶような調子で問い掛ける。

「やっぱり……凛なのか!?　お願いだ、答えてくれ！」

なおも頭を抑えながら、椿は苦しそうな様子で息を乱している。

「……るさい、話しかけるな……」

「凛、なあ、」

「……止めろ、うるさいッ!!」

駆け寄ろうと一歩踏みだしたところで、ぐいと腕を引かれる。隣を見上げると、困惑した顔の勇馬と目が合った。

「凛！　なんでこんな時に……！」

新たに響いた高い声にはっとして、再び前を向くと、椿の姿は一瞬の間に消えてしまっていた。

次いで、ガンガンと鳴った銃声の方向に目を向けると、椿を抱えたロザリオが、威嚇射撃をしながら、建物の屋根を伝い、一目散に逃走していくのが見えた。足下には、椿が落としただろう紅い椿が、ぼたりと落ちている。

凛……。ロザリオの高い声で下された判決が、右目の奥にぐさりと突き刺さった。

◆　◆　◆

第二ラボ予定地であった製薬会社・垂氷研究所ビルは全壊、隣接の孤児院と学校施設も被害は甚大だった。相変わらず零番隊は、迅速に到着していた。彼らは普段のほとんどを地下の灰園霊園で過ごしているらしいが、現場の敵が片付いたと伝えるやいなや、十分と経たぬうちに到着する。現場の責任者である鳴子から零番隊の隊長・拍に指揮権が移り、巨大な消火ホースを持った隊員たちが、無表情のまま、未だ轟々と燃え続ける炎を消火している。からくり蟹に搭載された火炎放射器の威力は強力で、なかなか消えないのだそうだ。

「まあ、第一ラボが直接狙われるよりは被害が少なくて良かったって考えれば、ちょっとは気も上向くかしら……。でも、やばいわよねぇ。また上に怒られるわ」

普段は陽気な鳴子が、力無く呟いた。その右ふくらはぎにはハンカチが巻かれ、血が滲んでいる。ロザリオにやられた怪我で、途中から満足に戦えなくなったという鳴子は、ロザリオをあと一歩というところまで追い詰めながら逃がしたことを悔しがっていた。

「蓮たちが来てくれて、命拾いしたわ。ありがとう。やっぱり、最強の十三番隊の名前は伊達《だて》じゃないわね、あなたたち。頼りになるわ。勇馬も、もう随分と十三のピンバッジが板に付いてきたわね。元七番隊の隊員として、私も鼻が高いってもんよ」

「え!? め、鳴子さん、そんな……! 急に褒められると俺、いや、そんなことないですって!」

鳴子に褒められたのが余程嬉しいのか、勇馬がいつもの軽い調子はどこへやら、柄にもなく謙遜の言葉を返しながら頬を染めている。

「さすがはバーストのエリート様。ほんと、俺たちじゃ敵わないなぁ。こんなにどえらい被害を出しておきながら、第一ラボが狙われなくて良かった、とは。たいした損得勘定だぜ」

「ああ、俺たち普通の人間には、こんなに辺り一面を滅茶苦茶に破壊するなんて化け物じみた真似はできないからな～。怖い怖い」

「特にあの、S級のエース様は、まだ若造のくせに、偉そうに勲章まで貰ってるらしいぜ」

「手術のお陰でたまたま強くなれたってだけなのに、調子乗ってるよな」

蓮の背後にいた第二ラボ警備の一般警官たちは、傷の応急手当を受けながら、こちらの話に聞き耳を立て、内容に苛立っているようだった。聞こえよがしにバーストたちの陰口を零している。隣に立っていた勇馬が、握った拳を高く掲げて彼らに向かおうとしたところを、蓮は素早く引き留めた。

「蓮さん、止めないでください！　あいつらっ」

「いや、止めておけ。被害を大きくしてしまったのは、本当のことだし」

「でもっ」

「いいから、気にするな。俺は大丈夫だから」

嫌みを言っていた警官たちは、二人が問答している間に、そそくさと退散していった。

「嫌みったらしい奴らね～。男の風上にも置けないわ。私たちが来なかったら、あいつら全員今頃仲良くからくりにやられて、この火の海の中で泳いでるところよね」

鳴子が、額に青筋を立てながらも努めて穏やかな声で言った。勇馬がなんとか抑えてくれた気持ちを、汲んでくれているようだ。政府は、大急ぎで人々のバースト化計画を進めてはいるが、未だに世論感情は複雑だった。犯罪者たちを倒すためとはいえ、日夜強大な力を振るい、破壊を続けるバーストも、その争いに巻き込まれるだけの弱者から見たら、同じ「化け物」に見えるのだろう。守りたい対象である、弱き彼らのために戦っているというのに、今日のように悲しい言葉を貰うことは多い。

耳を澄ませてみれば、周囲からはやはり、悲しみの篭もった嗚咽、痛みに苦しむ子供の叫び声が聞こえる。

「凛……」

あの日の自分たちは、間違いなくあちら側……虐《しいた》げられる弱い子供たちの側だったはずなのに。今は二人とも、その苦しみをもたらす側になっている。いったい、いつからこうなってしまったのだろう。

◆　◆　◆

広い円卓の中央に配置された、巨大な楕円形の立体映像スクリーン。そこには目まぐるしく動くからくりの様子が映し出されている。円卓席のどの位置からでもしっかりと見える映像に、ヘッドフォンから流れる臨場感たっぷりの音声情報。極めつけは、座り心地抜群の椅子。分析用の一級機材を集めて作られたこの九番隊の作戦会議室に来るたび、戒人はつい、これで映画でも観られたらいいのにと不謹慎なことを考えてしまう。先ほどから流風が、からくりの動作で気になったところでストップ、解説を加えながら一連の流れをスローモーション再生、という流れで、ここにいる全員にわかるように丁寧に説明してくれている。一番新しい型の狐の攻撃パターンは、前回の出動時に取れた情報によって、だいぶ解析されたようだ。

本日は、作戦立案専門の九番隊指揮のもとに、潜入捜査の三番隊、戦闘の十三番隊から、隊長以下二十名ずつを選抜し、三隊での合同作戦会議を行っていた。作戦立案前の事前情報を皆で共有しようということで流していた映像が、急に暗くなる。監視カメラがここで壊れたらしい。

「以上が、垂氷第二ラボ襲撃事件の際の、ビル内部に設置されたカメラに残っていた情報です。本来ならこのカメラは、ちょっとやそっとの力では壊れない、我々九番隊が政府と共同開発で生み出した超高性能・高機能カメラのはずなのですが……あの七番隊のじゃじゃ馬隊長が自浄爆破を仕掛けたせいで、無事だったのは、玄関付近に設置されたこれ一体だけでした」

流風が、すでに怒りは通り越して呆れ果てたという顔で忌々しげに言った。鳴子がこの場にいなくて良かったと、戒人はそっと胸を撫で下ろす。

「あの……本部のコンピュータに、映像記録は回されていなかったんですか？」

「良い質問ね、恭。本来なら、当然そうしているところだけれど。万が一の回線のジャックを避けるために、内部の機材はすべてオフラインにしてあったのよ。この垂氷研究所がいずれ第二ラボになることは最重要機密。第二ラボは政策の要《かなめ》。反政府組織に悟られた途端、奴らは全力で潰しにくるだろうからと、最新の注意を払っていた。それでも気づかれてしまったけれど」

「……敵は、どこからその情報を」

「さあ？　わからないわ。でも、こちらにも一つ収穫があった。あなたたちの副隊長がやってくれた、あのドリルの左腕。今はもうラボにまわして、早急にヒト型からくりの機体解析調査を始めているらしいわ」

「わあ……さすが副隊長」

「この苦境の中に、一つの希望の光を持ち帰るなんて、我々白狼のエースはやっぱすごいっすね！」

「ゴホン」

蓮を称賛した恭と勇馬の過剰気味なアピールに、三番隊隊長の入江が気分を害した様子で咳払いをした。彼は、一見すると真面目で気の弱そうな男だが、その実かなりの負けず嫌いだ。白狼内では役割の近い九番隊、特に流風にもよく突っかかっている。

「確かに、今まで一度も手に入れられなかったヒト型からくりの素体サンプルを持ち帰れたのは良かったが、腕から得られる情報には限界があるでしょう。ヒト型について有力な情報を得るためには、やはり生け捕りした素体そのものがなければ。奴らの機体を調べ、そこから攻略法、弱点を掴めさえすれば、ようやくそれも役に立ったと評価はできるが、こんなに犠牲を出しているというのに収穫がたかが腕一本だけなんて……」

「生け捕るなんて、簡単にできないから苦労しているのでしょう、入江隊長。簡単に言えるのなら、あなたが代わりにやってあげて頂戴」

流風がばっさりと一刀両断すると、入江は、苦々しい顔をして口を噤んだ。もう半分ほどシステムが出来上がっていた第二ラボはまた一から作り直しで、完成は大幅に遅れることになるだろう。また、近隣の被害も甚大で、隣にあった孤児院も半壊、死傷者も出てしまった。こちらの建物は完成したばかりで、受け入れた貧民層孤児の登録管理体制が整う前だったため、実際にはどのくらいの被害が出ているのかわからない。入江の意見に賛成するつもりはないが、確かにここずっと、紅椿相手には辛酸《しんさん》を舐める結果ばかり続いている。

「あの……我々が調査中だった、からくり機械の材料についての報告もさせていただいてよろしいですか？」

不穏になりかけた空気を霧散するような溌剌《はつらつ》とした声音で、三番隊の莉々が挙手した。どうぞ、と流風に促され、莉々は用意してきただろう手元の資料を、映像スクリーンに映していく。小さなからくり部品の欠片《かけら》と、解析図、元になっている材料の配合比率グラフなどだ。

「私の班では以前からからくり兵……ヒト型ではなく、完全機械のほうの、現場から回収できた朱鷺や蟹の欠片を分析し、これらの材料がどこで作られているものかを調べていました。そして……」

莉々が、流れていく映像を止め、一枚の写真を拡大してみせた。どこかの工場らしき写真。

暗がりの中、写真の端にちらりとだけ、見慣れたものが映っている。

「これって、新型の狐……かしら？」

流風が眉根を寄せて、暗がりの中でぼんやりと光っている不鮮明な映像の正体を確かめるように凝視する。それはぼやけた輪郭からその正体を想像し、なんとか合致できるかというレベルで、証拠写真としてこのまま使えと言われれば無理なものだ。

「はい。これは、先日暗殺された銀咲大和勘定奉行所長官が代表取締役を務める会社・水簾《すいれん》の工場内部です。写真が不鮮明で申し訳ないのですが……これは一ヶ月前、深夜の工場内で秘密裏に行われていた取引の様子です」

莉々たち三番隊の数名は、からくりの材料をある程度調べ終えると、その材料に近いものを製造している企業の工場に片っ端から潜入し、捜査をしていたらしい。そして、水簾の工場従業員として潜り込んでいた莉々によって、水簾がからくり製造材料を提供していたことがわかったのだという。戒人は先日、氷山に呼び出された際、銀咲が紅椿と通じていたという情報を、皆に先んじて知っていた。だが、莉々たち三番隊は、自力でここまで辿り着いたのだろう。

「お手柄だな莉々」

戒人が思ったまま素直に称賛すると、莉々は照れたように微笑んで小さくお辞儀をした。

「はは！　やはり我が三番隊の隊員は優秀じゃないか。この苦境に、一つの光明を見いだすのは、三番隊が集めてきた素晴らしい情報だ」

「それで、まだ続きがあるのよね？　莉々」

眼鏡を上げながら得意げに笑う入江を無視して、流風は莉々に先を促した。

「ええと、私はここに潜入を続けてそろそろ三ヶ月ですが、彼らが定期的に取引をしているという情報を掴んでからも、工場の従業員として今も潜入を続けています。あちらも情報管理が厳重なので、捜査にかなり時間が掛かってしまったんですが、紅椿と水簾の次回の取引日時を特定しました」

「そう……つまり、奇襲を仕掛けられるわけね」

「はい」

「でも、潜入にそれだけの期間が掛かっているということ……社長であった銀咲長官の暗殺の影響も重なって、水簾の警戒レベルはかなり高いと考えるべきね。紅椿側も、万が一の取引失敗を警戒して強力な護衛を連れていると考えたほうがいいわ」

「流風さんの言うとおり、水簾の工場は、テロ組織を警戒して警備も厳重です。かといって水簾側に、白狼が調査に入るから、などと言ってはおそらく紅椿に逃げられてしまう。私が就業後も工場に残って準備をし、時間になったら内部から工場内の警備を混乱させて合図を送りますので、その混乱に乗じて十三番隊に現場を押さえてもらうという作戦を提案します」

「……」

莉々の提案に、流風は腕を組んで、熟考するように黙ってしまった。政府の諜報機関も動い

ている と聞いたが、未だに紅椿と銀咲の決定的な繋がりの証拠を見つけられている様子はない。それならば、この取引現場を押さえて証拠を作り上げるのが、現状の最善策のように思える。水簾は国内でも上位の機械材料製造会社であり、その取引規模は相当大きいと予想できる。材料調達のパイプラインを切られては、紅椿にとっても大きな痛手となるだろう。

「……その作戦、俺は賛成だが」

「待ってください‼」

戒人の言葉を遮る勢いで、蓮が、強い口調で叫んだ。今まで自分のことが話題に上がっても黙って聞いていた蓮が、血相を変えて口を開いたのだ。

「俺は、もう少し、様子を見たほうがいいと思います。からくりが護衛にいる中、莉々がたった一人で先行だなんて……危険すぎる！」

「蓮……」

蓮は、眼差しに悲壮感を滲ませながら戒人をじっと見据えている。その目は、どうか上司にこの作戦決行を反対してくれと訴えていた。

「そうね……確かに、莉々は危険な状況に立たされる可能性がかなり高いと、私も思うわ。もう一人くらい、こっそり忍び込めない？」

「先にも言いましたが、この工場って、潜入するのもすごく難しいんです。私が成功したのもラッキーだったくらいで。まず材料の製造区域の担当になるまでに、たくさんのチェックを突破しないといけなくて……。私も二ヶ月間毎日のように、愚鈍だけど使えるっていう、彼らにとって都合の良い従業員を演じながら、やっとここまで辿り着いたくらいなので、たぶん追加の人員は今からじゃ無理かと」

「そう……なら、あとはあなたに判断を任せるしかないわね」

流風は、斜向《はす》かいに立つ莉々に体ごと向き合った。

「私は、やりたいです。せっかくのチャンスを無駄にはできません」

しんと静まり返った室内に、強い決意を窺わせる清涼な声が響いた。

「……わかったわ。では……」

「そんなッ……俺は、反対です！　莉々の実力では、そんな任務は危険すぎます」

蓮は食い下がって、流風の決定に異議を唱えた。会議の場で感情的になることのない蓮が、珍しく声を荒らげている様子に、皆が驚いている。蓮の気持ちはわからなくもない。莉々は蓮にとってかけがえのない存在だ。だが、仕事に私情を持ち込みすぎてはいけないだろう。

「蓮。心配なのはわかるが、それは莉々に対して失礼だぞ。彼女は、立派な白狼隊員だ。潜入・諜報技術は、おまえよりずっと上なんだぞ？　潜入現場での対応は、何も戦闘能力にものを言わせるってわけじゃない。慎重な現場判断を下せるかどうか、が鍵だ。莉々には、その力がある。だから、たった三ヶ月でこの好機を作り出してくれた」

「でも、取引現場にはあの狐だっていたんですよ？　それだけじゃない、きっとヒト型だって」

「らしくないぞ、蓮。仕事に、私情を挟みすぎるな」

「なっ……」

蓮は、戒人の叱責に言葉を詰まらせる。

「私、やります！　やらせてください、お願いします」

戒人の後押しを受け、莉々が深々と頭を下げた。その様子を見て、蓮はいよいよ顔色を青くした。

「なんで、莉々！　わかってるだろ？　あいつらは、情けなんか掛けてくれない。気づかれた瞬間に」

「お願い、蓮。私も、この作戦に賭《か》けたいの」

「そのために、死ぬっていうのか!?」

「……それでも、作戦がうまくいくなら」

「なんだよそれ……そんなの絶対に認めない！」

「お願い。わかって、蓮」

蓮の剣幕に、莉々はたじろぎ眉尻を下げながらも、こちらも絶対に引かないという真剣な表情で見つめ返している。

「九番隊が綿密に作戦を練って、莉々を全力でサポートするわ」

「決まりだな。十三番隊からは、ここにいる選りすぐりの精鋭たちが、全力で現場に臨もう」

「ッ……」

作戦決行には、他に反対するものはいなかった。戒人から、選りすぐりの精鋭と称され、隊員たちはさっそく士気を挙げている。蓮は、一人だけ逆風に晒《さら》されたような状態に目を見張っていたが、やがて無言で席を立ち、苛立ちを隠さぬ足音を立てて、乱暴に扉を開けて出ていった。

「……あとで、俺がなんとか言い聞かせておく。作戦立案を始めよう」

悪いこととは、重なるものだ。勇馬からもたらされたあの報告……あのヒト型からくりの椿が、蓮のかつて失った大事な子だったということが、彼の中での正義を揺るがせているのだろう。だが何を置いても、自分たちは白狼という職務を全うすることを優先させなければいけない。たとえ己の大切な存在に危機が迫っても、それが正義のためならば、躊躇いなく切り捨てる覚悟を持てなければ。戒人は、どうやってあの頑固者を説得しようかと考えながら、閉まった扉を見つめた。

◆　◆　◆

五日前の会議で醜態《しゅうたい》を晒してしまってから、莉々と顔を合わせることがないまま、とうとう奇襲作戦当日を迎えてしまった。

戒人は会議の後に、決まった作戦の詳細説明とともに、自分たちの役目を完璧にするための隊内作戦会議を開いて、想定されるいくつものパターンを思考し、一つ一つの対処法を丁寧に皆に説き、実践も交えて指導してくれた。やりすぎかと思うほどの入念な現場想定訓練には、莉々の危険を少しでも減らすために、最善を尽くそうとしているのだと、蓮も素直にありがたく感じた。だがそれでも、不安は拭《ぬぐ》いきれないでいる。

目を閉じると思いだすのは、椿……凛の、あの凶悪な笑顔。戒人の言うように、仕事に私情を挟みすぎだということは、蓮も痛いほど自覚している。だが、ふとした暇《いとま》に押し寄せる不安は、どうにもならない。隊員たちを束ねる副隊長という大それた身分で、こんな不抜けたことばかり考えているのは許されないということもわかっているのだが、生来の後ろ向きな性格も手伝って、なかなか気持ちが浮上してくれないのだった。

『そろそろだな……』

『ええ。でも、合図があるまでは待機よ』

無線越し、戒人の呼び掛けに、奇襲作戦の総指揮官である流風が冷静な声で返答する。時刻はちょうど深夜零時。十三番隊の隊員は、隊長、副隊長を含む二十二名。取引現場となる鉄鋼資材加工工場から、南に約二百メートルほど離れた雑居ビルの屋上に、蓮は待機していた。上級バーストである自分なら、合図とともに走り出せば十秒で現場まで駆けつけることができる。

『こちらはいつでも準備オーケーだ。蓮、そっちは？』

蓮の居場所とは工場を挟んで反対の、北側の現場で待機する戒人が言った。

「……問題ありません。いつでもどうぞ」

工場内の見取り図は、空でも図が書けるほどに頭の中に叩き込んである。振り返れば、三名の隊員たちも、無言で頷いた。すでに工場内に先行している莉々は、敵に音で気づかれぬよう、無線を切った状態で待機している。だが、服に装備した超小型カメラが拾う映像が、常に流風たち九番隊に送られ、それを見ながら九番隊の指示に従って動く手はずとなっていた。ほどなくして、工場の裏門から、資材運搬用の大きな電磁誘導車が三台入っていくのが見えた。

来た……。視界の端にちらりと映ったそれに、蓮はごくりと唾を飲み込んだ。

『やっとお出ましのようね。今、第三倉庫に車が着いたわ。工場長が解錠。車からは紅椿の……緑色の髪の女と、椿、ロザリオ、新種のオッドアイが出てきたわ。車の中にも、からくり兵を隠しているかもしれないけれど、今のところはそれだけね』

椿、という言葉に、蓮ははっと息を呑み、湧き上がった感情を堪えようと、拳を握りしめた。隣にいた立夏が気遣わしげな表情を浮かべて、こちらの様子を窺っている。先日、第二ラボ襲撃の現場で凛と対峙した際の醜態を、部下たちにも見られていた。彼らを束ねる立場の自分が、いちいち取り乱していては不安を与えてしまうと、蓮は両手で自らの頬を二回叩いた。

「よし……大丈夫だ。心配かけてすまないな」

気合いを入れ直して微笑むと、立夏は、緊張した面持ちのまま頷いた。

『資材を荷台に積み始めたわね。証拠映像はもうしっかり取れた……第一目的は成功ね。莉々が今、急いで奴らから距離を取ってるから……もうすぐよ』

緊張で鼓動が高鳴る。莉々が、今作戦の主目的を達成した。ともに待機中の隊員たちとともに、固唾を呑んで次の流風からの指令を待った。

『……火災警報器、作動。敵は第三倉庫、莉々隊員は現在第五倉庫を通過し、裏門に向かい離脱中。十三番隊、蓮副隊長以下三名、南部隊は速《すみ》やかに莉々隊員の救出へ。戒人隊長以下十七名、北配置部隊は、直接紅椿の掃討に向かってください』

流風の命令を聞き終わると同時に、蓮は全速力で駆けだした。莉々の無線はまだ繋がらない。間に合ってくれと、内心でひたすら祈りながら、目の前の高い裏門を二段飛びで飛び越え、敷地内に入る。さっと辺りを見回すが、莉々の姿はない。

「……！　副隊長！　あっち、第七倉庫から銃声が。たぶん……」

青葉の報告に、蓮は、背後から付いてくる隊員たちを置き去りにする速さで走り出した。第七倉庫の屋上に、ひらりと何かが高速で動いたのが見えた。月明かりだけが頼りの暗闇でも、その白色はよく見える。ひらりと舞ったその白が、何かを追いかけるように屋根を右、左、と移動しながら、その下の、乱雑に積み上がったコンテナに向かって銃を乱射している。コンテナの隙間には、莉々が蹲《うずくま》っていた。

「莉々!!　こっちだ！」

莉々は、声を辿って蓮を振り返ったが、次の瞬間、ぎりぎりのところを弾丸が掠めていく。

「きゃあああ」

「やめろッ！」

蓮は、莉々の隠れたコンテナの上に乗り上げ、連射される銃弾を刀で弾き返す。眼下、ちらりと振り返って見た莉々の足からは、血が流れている。それを見た瞬間、蓮は体中の血が沸騰するような怒りを覚えた。

「恭！　莉々は足を怪我して動けない。早く安全なところへ」

「了解しました！　莉々さん、俺に掴まってください」

「はぁーぁ……またあんたなの？　せっかく、これからたくさん紅くおめかししてあげようと思ってたのにさ、邪魔しないでくれる？」

「……凛」

蓮は、ゆっくりと前方に向き直る。白い着物を揺らめかせ、凛が気分を害されたように不快を滲ませた声で言った。蓮は、今自分がどんな表情で目の前の彼女に対峙しているのか、わからなかった。かつて失ったと思っていた彼女が、実は生きていて、自分を覚えていたことを素直に喜ぶことができない。彼女が疑いようもなく、敵として目の前に立ちはだかっているという事実に、どうしても納得がいかない。莉々を傷つけたのはおそらく凛だ。許せない……だが、何か事情があるのかもしれない。でなければ、あの優しかった凛が、テロ組織で破壊行為に勤《いそ》しんでいるなどと、蓮には到底理解できないことだった。大切な過去と今、その両方ともを守りたいのなら、まずは足掻いてみる、と莉々は言った。ならば……。

蓮は、構えていた刀を下ろし、するりと鞘に収めた。背後に控えていた隊員たちの驚いたように息を呑む音が聞こえたが、無言のまま右手を上げて静止させる。蓮は、一つ深呼吸をしてから、またいつものようにじくりと疼きそうになる右目から意識を逸らし、真っ直ぐに凛を見つめて言った。

「おまえとは、戦いたくない」

「急になに？　なんのつもり？　あははっ」

凛は、構えていた拳銃をくるくると器用に片手で回しながら嘲笑した。

「本当はおまえだって、こんなことしたくないんだろう？　どんな経緯でからくりにされてしまったのかはわからないが……、俺のことを覚えているということは、ちゃんと記憶も、意思もあるんだろう？　俺の知っている凛は、平気で人を傷つけるような人間じゃなかった。何か、逃げられない枷《かせ》をはめられているだけで……紅椿に、脅されているのか？　だったら……」

「はぁ？　さっきから何言ってんの、あんた？　頭、だいじょーぶー？　人のこと、勝手にあーだこーだとこじつけてさ。だから警察って嫌い。あたしが戦う理由は、あたしが自分の意思で決めてる。上から目線で口出ししないで」

「なッ……」

蓮は、いきなり鈍器で頭を殴られたような衝撃を受け、狼狽えた。凛は、自らの意思で、今の自分を認めている。その言動も行動も、すべては、凛の意思だと言うのか。

「嘘、だろ……な、なんで紅椿に……人殺しなんかに」

「……なんでってぇ？　さっきから人に質問ばっかりだけどさぁ……あんただって、こっちに刀向けてくるじゃない。殺そうとしてくるよね？　たくさん殺してきたよね？」

「紅椿のやってることは、犯罪だってわかってるだろ！　白狼は人々を脅かす悪を粛正するのが仕事だ。別に……好きでおまえに刀を向けているわけじゃない！」

「はぁ〜ぁ。今日は久々にいいものが……あのむかつくスパイ女の血が見られたから、ちょっと機嫌がよかったんだよね。だから、あんたのくっだらない懐古主義なおしゃべりにも付き合ってあげたけど……もういいよ、飽きた」

「‼　おまえっ」

凛の、人を傷つけて心底楽しいというようなその歪んだ価値観に、不快と嫌悪、怒りが込み上げてくる。

「やっと素直になったの？　偽善者ぶってる良い子ちゃん……反吐《へど》が出るわ。昔の凛がどうだって？　今のあたしは、ここよ……ほら、よーく見て、目の前にいるでしょ？」

『おい、蓮！　おまえたち、今すぐ敷地内から退避しろ、まずい‼』

突然、無線越しに戒人の緊迫した声が聞こえた。

「あっれぇ……もうやっちゃうのぉ？　まいっか。じゃあね〜」

「待て！　り──」

ひらりと白い着物を翻して去って行く凛を捕まえようと伸ばした左手は、また虚しく空を掴む。

ドンッ——。

爆発の轟音が耳を劈いた。

ドンッ——。

また爆発。音のした方角を見ると、巨大な炎と黒煙が上がっていた。蓮は部下たちとともに裏門を目指して、一も二もなく走り出した。

『水簾の工場長が、証拠隠滅のためにこの工場と倉庫ごと爆発させてるみたい！　第三、第四倉庫が吹き飛んだわ。どこまで仕掛けられてるかわからないから、総員、戦闘は中止、退避して!!』


流風の命令で、全員が工場外に退避を終える頃には、工場も倉庫もほとんどが壊滅していた。早くも零番隊が駆けつけ、現場を封鎖し、事後処理を行っている。紅椿には、工場の自爆装置が作動している間に、逃げられてしまった。

戒人の下についていた、北側に行って直接紅椿との戦闘を担当した十七名の隊員たちは、皆少しずつ怪我を負っていた。今回は戒人のほうに行っていた勇馬は右腕を負傷したが、ロザリオの攻撃から後輩の渚を守った名誉の負傷だと言って本人は喜んでみせびらかし、戒人に諌められている。作戦を綿密にシミュレートしていたのが功を奏したのか、大きな怪我をした者はいないようだ。

蓮は、ざっと全体を確認して戒人に報告を済ませ、莉々を探した。恭たちに先に助け出されていた莉々は、到着した救護班によって、その足に止血の包帯をぐるりと巻かれているところだった。

「莉々」

「あ、蓮……ありがとう、助けに来てくれて。……信じてたよ」

「……遅くなって、ごめん。怪我、大丈夫？」

「平気よ！　このくらい、どうってことないわ！　って……どうしたの？」

「……」

無謀ともいえる任務を見事やり遂げた莉々は、疲れているだろうに、晴れ晴れとした表情をしていた。莉々は今、確かに蓮の目の前にいて、優しく笑っている。ただそれだけのことなのに、蓮は泣きたいほどに安堵していた。

「いや……なんでも、ない」

やっとのことで絞り出した声は、少しだけ掠れていた。

「ねえ、足、怪我しちゃったからさ。手、貸してくれない？」

にこりと笑いながら、なんでもないふうに言われた言葉に、蓮は恐る恐る左手を差し出す。ありがとう、と言って握られたその手は、確かな質量を持って、その温《ぬく》もりを伝えている。蓮は頬に、堪えていた涙が一筋伝っていくのを感じた。

◆　◆　◆

カタカタと、パソコンのキーボードを打つ手は淀みなく動いていく。負傷者は現場に出た全二十三名中、十三名。敵の殲滅には失敗したが、作戦の主目的である取引映像の記録は達成。作戦報告書を仕上げながら、戒人は、寝台脇のモニターから流れるニュース番組の音声だけを拾っていた。放送の最後に、政府の緊急会見速報が入るのだ。

珈琲カップを手に取り、一息ついているところで、来訪を告げるブザーが鳴った。室内モニターから扉の外を覗くと、鳴子がひらひらと手を振っていた。

「もう〜。集会終わってそそくさと退出してくから、もしやと思って来てみれば、またこんな時間まで仕事だなんて。昨日は深夜番だったじゃない？　もう二日も働き通しじゃないの」

部屋に入って開口一番に、鳴子からお小言をいただいてしまった。鳴子はこうして、就業時間が終了した後にこっそり自室に仕事を持ち込む戒人を、目敏《めざと》く見つけては注意しにやってくるのだ。そういう時は大体流風も一緒のはずだが、今日はいないらしい。そう考えていたのを察したのか、鳴子はやれやれといった様子で肩を竦《すく》めた。

「あのインテリ、今日はどうしても外せない残業だって。せっかく誘ってあげたのにさ〜。何

かここ最近、私にも内緒で、根詰めて何かコソコソやってるの。怪っしいわよね〜〜？　まさか、仕事とか言っておいて本当は……男だったり？　嘘……聞いてない!!」

「……さあな。俺も聞いてない」

鳴子は、流風に仕事後の晩酌を断られたのがよほど驚きだったのだろう。ぶつぶつと不満を語りながら、手持ちぶさたな様子で寝台に腰掛け、デスクの脇に積まれた書類を物色し始めた。

流風が鳴子の誘いを残業を理由に断ったことなど、聞いたことがない。会議中はよく喧嘩をしながらも、なんだかんだと仲が良く、プライベートではいつも行動をともにしている。流風は仕事とプライベートは完全に分離するタイプで、就業時間内にすべての仕事を片付け、プライベートの時間には一切持ち込まないことをモットーにしていた。そんな彼女が残業に明け暮れているとは、確かに驚きではあった。

「ん……それって、報告書？　もう、昨日の朝には提出してなかったっけ？　はい、これ差し入れ」

鳴子は戒人のパソコン画面に映る書類をちらりとだけ見て、袋の中から冷えた缶ビールを一本取り出して寄越した。そのまま自分の分をさっそく開けて、ごくごくと美味しそうな音を響かせる。仕事中の戒人にはお構いなしに、鳴子曰くの、第二の生き甲斐を堪能していた。戒人は、貰った缶を机の端に置いて、再び画面に視線を戻す。

「ああ、これは……ちょっと、上に直接あげなきゃいけない報告書で、昨日のとは別なんだ」

「……上？」

「うーん、詳しくは言えないんだけど、政府のあるお人に、ね」

昨日の報告書には、水簾奇襲作戦のあらましを記載した。しかし、さらに遡り先日、垂氷襲撃事件での部下たちからの報告と合わせて考えると、無視できない可能性が浮かび上がってきている。謎の多いヒト型からくり……垂氷の事件で、ドリルが新種のオッドアイを庇い、それにオッドアイは嗚咽したという。さらには、あの蓮が椿に、まるで知り合いであるかのように話し掛け、説得すら試みていたというのだ。これには戒人も驚いたが、最初に蓮が椿と遭遇した時から、彼の態度は少しおかしく、何かあっただろうことは戒人も勘付いていた。

これらの報告から、未だ推測の域を出ないではいるが、ヒト型は、元人間である可能性が浮上、少なくともただのＡＩではないと言わざるを得ない。蓮の副隊長としての面子《めんつ》を考え、彼の椿への言動は昨日の白狼向け報告書には上げなかったのだが、さすがに、大本締めであるあの氷山の耳には入れておかなければならないだろう。

「へぇ～。なに、もしかして戒人も令恩総隊長の後継者として育て始めてる、とか？」

「さぁな。だが、お陰でこうして仕事には困らないよ」

苦笑いで取り繕《つくろ》うと、鳴子は「大変ね～」と、それ以上は詮索せず、また、ぐいと手の中の缶を傾けた。作成中の報告書は、氷山へ向けたものだ。一昨日の晩の水簾工場への奇襲作戦の結果を、戒人から氷山に、個人的にも報告してくれと言われていた。

「あ、そういえばこれ、もう提出した？　私、まだなのよね～。明後日までよね」

鳴子は、デスクの書類の束の中に挟まっていた、白狼隊員候補生リストを眺めている。その言葉に、戒人は慌てて、先日取り込んだまますっかり忘れ、放置していたリストデータを開いた。

ずらりとリストアップされた名前は、白狼隊員養成学校を卒業予定の子供たちの中でも、バースト適正で高評価を収め、手術後にはおそらくB級以上になるだろうという上級バースト予定者である。そんな生徒たちの現在の身体能力と成長過程を見て、今後の適正手術でどのように強化させるべきか、その体験者である現役バーストたちに意見を仰ぐというものだった。

隊長職のものだけが、この、指導員のような役割を負っていて、たまに孤児院や学校に視察に出向いたりもする。特に、戒人のような希少な能力を持つバーストを、ラボの研究者たちはなんとしてでも作りたいのだろう。他の隊長たちよりも、戒人の求められる意見項目は多い。しかも、自分の意見一つで、バースト候補生たちの後の人生が少なからず左右されてしまうので、適当に見て書くわけにもいかず、どうしても毎度時間がかかって提出がぎりぎりになってしまっていた。

リストに一通り目を通して、ふと、何かが足りないと思い、再度一から見直す。以前に確かにあったはずの子供の名前が、なくなっている。幼いながらにとても利発な子だったはずだ。名前は確か……先月分のデータを探し出して照らし合わせると、そちらにはしっかりと刻まれている。だが今月のデータには、あの子の名前はもうない。所属孤児院と学校は、第二ラボの隣の……。あの襲撃事件に、巻き込まれてしまったのだろうか。名前が載っていないということは、そういうことなのだろう。

「どうしたの？」

「いや……」

戒人は、憂鬱な気分のまま、また氷山への報告書の作成に戻った。

「ねえ、そういえばさ〜、莉々が副隊長に昇格するらしいわよ。この間の作戦で」

「そうか。それだけの功績を上げたからな。当然だろう」

二日前の水簾工場奇襲作戦の決行機会を作り、さらには重度の危険を冒して作戦に参加した莉々の活躍は、白狼全体でも評価されていた。作戦の主目的である、「紅椿と水簾および銀咲長官の癒着証拠」はしっかりと押さえ、彼らの関係を絶ちきった。つまり、紅椿の、からくり機械製造資材のメイン調達ルートを潰したのだ。急な資材不足に陥った紅椿は、しばらくは派手に動けないのではと予想されている。

「あ、もうすぐ始まるわよ。令恩総隊長も出るんだったわね〜」

付けっぱなしのニュースから、アナウンサーが、番組の最後に差し掛かったところで、緊急の会見が入ったと読み上げた。中継先に映像が切り替わり、軍事奉行所の会見場に、氷山長官が現れ、画面越しににこりと微笑む。氷山は、この間戒人が見た柔和な笑顔ではなく、僅かに緊張が窺えるような真剣な顔で、すらすらと報告を始める。暗殺された前勘定奉行所長官の銀咲が所持する企業・水簾と、反政府テロ組織・紅椿が癒着していた事実を突きとめ、白狼がその現場を押さえた。結果、反政府組織への不正な援助、資材横流しルートを絶つことに成功した、と彼は説明する。大物政治家が、破壊テロを行う悪の組織と手を組んでいた事実は世間にさぞ大きな衝撃を与えたことだろう。

戒人は、先日の氷山からの呼び出しを思い出していた。紅椿を罠にはめ、「なかった証拠を作り出す」ことに成功した。銀咲大和暗殺の犯人は、未だ不明のまま、事件は捜査中という報道が続いている。明日からは、「癒着の事実を隠蔽するために、紅椿が銀咲を始末したのではないか？」という、「世間による自然な憶測」がなされるだろう。紅椿と癒着のある他の政治家は、前例を恐れ、次々に氷山率いる推進派に寝返っていくだろうか。すべて、氷山が望んでいたとおりの結果になった。令恩から報告を受け、彼は今頃、自分は使える駒だと判断されている頃だろうか。だが……。

戒人は勘が良い。皆が言うように、自分のバーストとしての特異な能力はとても不思議なものだと思っている。過信しているつもりはないが、良い予感も嫌な予感も、元を辿ればすべてはただの、違和感。今回の作戦は、上手くいっているように見えて……何かを見落としているように感じてしまうのだった。

第四章　バースト

「昨日から、三番隊の副隊長には、前作戦で立派な功績を上げた莉々が、満を持して就任いたしました。長らく空席だった三番隊の副隊長という重席に、こうして能力も実績もある彼女を据えられたのは、先の作戦で他隊の皆さんも頑張ってくれたお陰でもあるでしょう。彼女はピンチを迎えましたが、重大任務を無事にやり遂げ生還しました。そして就任早々、さっそく次の、さらなる重要任務を負って活動中です」

三番隊隊長の入江がいつになくご機嫌な様子で報告するのを、他の隊長たちは、苦笑いを零しながら聞いている。入江は隊長だけあって諜報能力はずば抜けて高く仕事もできる男なのだが、性格は少しばかり幼稚なところがあり、自分の能力がいかに高いか、自隊がどれだけ成果をあげているかを気にしすぎるきらいがあった。加えて、周囲の空気を読むというのも苦手らしい。

「ええ……お手柄ですね。一介の隊員が、一人でよくそこまでの結果を出せたと感心しました」

「そうでしょう、やはり自分の長年の教育の賜《たまもの》で……え？」

いつもならば無視を決め込むか、正論で諫めたり絶対零度の視線を向けてくる流風からの意外な肯定の言葉に、入江は驚いて固まっている。周囲の隊員たちも、珍しいものを見るように二人を見つめていたが、流風は気にせず坦々と次の議題を進行していく。前回の定例隊長会議よりも、随分と場の空気も和やかである。先の水簾工場奇襲作戦成功により、その後は予想どおり、紅椿のからくりによる襲撃テロがなりを潜め、束の間の平和な日々が訪れていた。ここ二週間ほど、からくりによるテロ報告は上がっていない。

「それで、次は一番隊と二番隊が見つけたという、ブースト薬の出所の報告をお願いします」

「では、私からまとめてご説明いたしましょう」

二番隊隊長の風花《ふうか》が、落ち着き払った優雅な態度で、すっと背筋を伸ばして立ち上がる。

「最近は紅椿による襲撃がいったんは止んだものの、小規模ですが黒龍らのテロ活動は続いています。我々、市中の定期巡回を担当する一と二番隊は、一日に一件は必ずテロに出くわします。これはテロというには被害の少ない、個人的な諍《いさか》いのレベルのものも含まれますが……その頻度が、以前の倍に増しているのです。我々が駆けつけると、大抵はすぐに片が付きます。弱い連中なら、そのまま全員を確保または掃討。まあ、何が言いたいかというと、そんな実力で何故、テロなど起こそうと思ったのかと問いたくなるような連中ばかりで、みすみす我々に捕まりにでも来てるんじゃないかってくらい、あっさりと片付いてしまうのです。妙でしょう？　それで、疑問を辿っていったら、ブースト薬が絡んでいることがわかったんです」

「どういうことです？　風花」

「疑似バースト化薬、ブースト……あれは、闇市場から貧民層を中心に拡大していましたよね？あれの出所が、黒龍だったんです。黒龍の上層は、貧民層の不良どもを中心に、反政府感情を煽って暴力へ駆り立て、あの薬で半ば洗脳状態にした人間を、テロ戦闘員として、使い捨てているってことです」

「なるほど……。だとしたら、小規模テロは、黒龍の上層を叩かないと、止まらないということですね」

流風は、新たに浮上した、いたちごっこになりそうな問題に、額を押さえながら嘆息した。

「あーあ。紅椿がおとなしくなったと思ったら、今度は黒龍とか。世の中、うまいことバランスが取れてるのかしら。市中巡回が一、二番隊だけじゃ足りないなら、他隊からも増援部隊を送ったほうがいいんじゃないかしら。どこか、人が余ってる隊とかないの？」

鳴子が、さも簡単なことのように語るが、見回した先の隊長たちは、閉口している。市中の巡回を主任務とする一、二番隊だけでは、増加傾向にある小規模テロに対応できなくなる可能性は確かに高い。

白狼の純粋な戦闘力は、諜報の三番隊、作戦立案の九番隊を除いては、基本的に、数字が大きいほど強い。一、二番隊が戦力的には最下位で、その任務は市中の定期巡回だ。四、五番隊は、軍需産業を担う政府系施設や民間企業の警備。六、七、八番隊はそれぞれ、政府要人、バーストラボ、政府官邸の護衛、警備。そして、十以上の「二桁」と呼ばれる隊は、他隊とは一線を画した戦力を保持しながら、からくり機械兵や黒龍幹部のバーストなど、強敵の掃討を専門に行っている。

現在は、どの隊もあまり余裕がないはずだなと思いながら、他隊の隊長たちをちらりと見ると、十番隊の伊吹《いぶき》が少しなら手伝えると手を挙げ、それを見た十一、十二番隊の弥一《やいち》と左近《さこん》が、嫌そうな顔をしていた。白狼隊員の中でもエリートといわれる自分たち二桁隊が、わざわざレベルを落として、市中の巡回任務に就くのは嫌だとでも言いたげだ。だが皮肉なことに、紅椿のからくり出没がなくなった今、二桁隊の者は、比較的暇と言える。だが……。

「一つ、気になっていることがあります」

「……なんですか、戒人隊長」

流風に促され、戒人はゆっくりと立ち上がる。

「紅椿のことですが……確かに先日の作戦で、水簾へは徹底した調査が入り、からくり兵器量産に関わるパイプラインはほぼ絶たれたと思います。だが……からくりの攻撃が急に止んだ理由は本当にそれだけ、だろうか？」

「……」

「あのからくり兵器は確かに脅威ですが、あの大きさで、はっきりと兵器だとわかるものを目的の場所まで怪しまれずに運ぶのは無理です。だから狙われるのは、人が少なくて目立たない、夕方から夜の時間帯が多い。でもヒト型からくりができてしまった。怪しまれずに所定の襲撃場所まで辿り着けて、小回りも利くし、何より彼らは、ＡＩではなくヒトのように意思を持って動く。ヒト型が現れて以降、今までのからくり機械兵は、もう旧型なんです。主戦力ではなくなっていくでしょう。だとするなら、大量の鋼鉄資源を必要としないヒト型にとって、資材パイプラインの断絶は、そこまで紅椿に大打撃を与えていることに、なるのだろうかと……。いいえ、これは俺の個人的な疑問で、何か根拠があって言ってるわけじゃないんですが」

「そうねぇ……もし、簡単にヒト型を作れるんなら、もうヒト型だけをばんばん量産して投入すれば、今の私たちなんて、結構簡単にやられちゃいそうなんだけどね」

「おい、鳴子。物騒なことを言ってくれるなよ。そうならないためにも、これから白狼も強化していかなければいけないいんだからな」

今まで黙って聞いていた令恩が、眉尻を下げながら困った顔で言った。

「わかってますよ総隊長。でも、わざわざ大量に鋼鉄資材の掛かるからくり機械兵を投入して、政府の施設を壊しに行って、私たちに壊されて、また資材調達して作って、壊して〜って……きりがないわ〜。なんか、地道にコツコツやる戦法っていうのが、じれったいっていうか！私だったら、こう……一発おっきいのをドカーン‼　ってやっちゃいたくなるんだけど」

そう言って鳴子が、脇に立て掛けてある愛銃、花札シリーズ唯一のバズーカ砲である紅葉《もみじ》に手を掛ける。

「お、おい！　おまえの紅葉をここでぶっ放さないでくれよ⁉」

「そんなことするわけないじゃないですか。冗談ですよ〜」

鳴子は、からりと笑っているが、令恩は下がったままの眉尻をそのままに、額に手をあて疲れたような顔をしている。

「……一発大きいのをドカン、ねぇ。ま、無理でしょうけど。彼らが一番壊したいと思っている三箇所には、玉響が張られているし」

「そうね〜。核爆弾クラスのエネルギー砲でも、破れないんでしょ？」

政府官邸、白狼本部、バーストラボの三箇所は、超電磁バリア玉響で周囲を常に覆っているため、いくらからくり機械兵の破壊力が凄まじいといっても、到底敵わない。

「まあ、今日の話をまとめると？　紅椿の攻撃が止んでる今のうちに、皆強くなっとこ〜ってことでいいのかしら？」

「ざっくりとし過ぎよ……それに、進行役は私なのだから、勝手に話をまとめないで。とにかく、ラボ側の準備も整っているようだし、定期メンテナンスと強化案内は、各員、会議の最初に配った資料を見ておいてください」

流風が、うんざりとした声で鳴子を諌める。先程から、声にも張りがないような気がするのは、彼女がここのところ珍しく残業をするようになったせいなのだろうか。よく見ると、顔色もあまり良くないようだ。

「しかし、ラボ側も随分と早く対応してくれているようですね。肉体強化希望案については、うちの隊員たちがまた遠慮もなく無茶な要望を入れていたというのに」

伊吹が嬉しさを滲ませた声で言った。十番隊は、二桁隊の中では一番戦力が低いことを些か気にしているようで、こういった身体強化対策にはいつも乗り気である。

「神威博士が、最近はリバース薬の材料調達が順調だとか言っていたが……あとは、記念式典に間に合わせたいという上の指示がな」

「記念式典……って、ああ〜〜！　政権樹立記念式典ね〜。確か、記念すべき十周年だったかしら？　今回は前年よりもさらに盛大にやるとか書いてあったような……そういう記念とか大好きよね～政治家って」

「まあ、お偉いさんていうのは、権力の象徴に簡単に結びつく材料は、何でも使いたいものなんだろう。ここ何十年と、五年以上の長期安定政権を作れなかったことを考えれば、偉業だろうな。今の世論の流れも組んで、政権の地盤固めには重要なイベントだ。それに合わせて、バースト強化政策が間に合っていれば、強き政権のアピールには持ってこいとなる」

令恩は、直接上から言われているだろう指示を、やんわりとした揶揄を含みながら説明した。

「へ～。ま、政府官邸の警備は八番隊だから、他隊はあまり関係がないけど」

「はぁ……俺たちは、毎回この時期が一年の中で一番大変ですよ。胃が痛い」

いつも会議では静かに聞いているばかりの八番隊隊長・昴《すばる》が、控えめな態度で口を開いた。

◆
◆
◆

「留守の間、よろしく頼む」

そう言って、わざわざ玄関まで来てくれた部下たちに敬礼をすると、彼らも折り目正しく敬礼を返し、任せてくださいと、頼もしい言葉で見送ってくれた。蓮は、ともにバースト定期メンテナンスへ向かう勇馬、恭の二人と連れだって寄宿舎の門を出た。三ヶ月に一度のペースで

行われるようになったこの定期メンテナンスは、一週間もの時間が掛かる
その上今回は、肉体の部分強化まで行うので、さらに数日は追加され、白狼に戻ってくるのはおそらく二週間は先だろう。

出発前、蓮は戒人から、検診に行くついでに神威博士に資料を渡してくれと頼まれていた。資料を預かり、神威博士にしかと渡しておくと告げれば、戒人は視線を泳がせ、気まずそうな顔をした。彼は、バースト検診はなるべくなら行きたくない、という人だ。自分の体を、研究者たちに好きにいじられるのが嫌、というのもあるのだろうが、自らの担当である、あの神威博士のことが苦手なようで、こうして極力顔を合わせないようにしている。

街中を、走るのではなくゆっくりと移動していると、何だか妙に落ち着かない気分になった。晩秋の柔らかな日差しの中、屋根の上ではなく、道行く人々に混じって、街路脇の紅葉を眺めながら歩く街はなかなか新鮮だ。昼時なのもあり、通りの飲食店の前には、人が集まり始めている。小綺麗な着物に身を包んだ女性は敷居の高そうな料亭へ、くたびれたスーツを着た会社員は安くてうまいと評判の定食屋へと吸い込まれていく。百五十年前に始まった、江戸文化回帰政策の名残は、市民階級が高くなるほど色濃く残っている。服装は、たった一目でその人のステータスを語る。軽くて丈夫な科学繊維を大量生産した末に、一般流通される洋服。稀少素材をふんだんに織り込み、職人が手ずから編んだ、一見客《いちげん》では買えない着物。この政府官邸付近の商業地区には、上流階級の嗜《たしな》みである和装をしている人もちらほらいるようだ。

隊服を着ているせいで、すれ違う人々からは時々、好奇の視線を向けられた。大抵は、これが本物のバーストかというように、ちらちらと興味ありげに見てくるばかりだが、中には、まるで化け物にでも遭遇したかのように、あからさまに不快な顔をする者もいる。仕方のないことだと思いつつも、やはりちくりと心が痛む。

余暇に街へ繰り出すことがまったくないわけではないが、大抵は皆、寄宿舎に篭もりきりの生活だ。たまの休みを貰えたとしても、皆、稽古や鍛錬に勤しんでいることが多い。ここのところ仕事中も、ふと気がつくと気分が落ち込み気味だったので、普段は早く終わってくれと願う一週間のメンテナンスも、今回ばかりは逆にありがたい。メンテナンス中は、余計なことで頭を悩ませなくて済むからだ。

「そういえば、勇馬さんは十三番隊に入ってからは初めてのメンテですか?」

「ああ、そうだけど? 十三番隊専属の博士たちは、いろいろ凄すぎて普通じゃない、スーパーサイエンティスト集団って聞いてたんで、楽しみだなぁ〜。蓮さんを担当してる神威博士って、百五十年前の政治革命から代々続く有力貴族の、あの神威一族なんですよね? きっと、俺の想像なんかお呼びじゃないくらい、すっごいお人なんだろうなぁ」

勇馬が、キラキラと期待に目を輝かせながら言った。勇馬は、つい半年前までは七番隊に所属していたので、入隊二年目の恭より仕事歴では先輩であるが、この十三番隊隊員としては新入りだ。故に、仕事に慣れるまでは蓮がパートナーを組みながら面倒を見ていた。持ち前の人懐こさで、もうすっかりと隊のカラーに馴染んでいるが、そういえばまだ新入りなのだったな、と思い出す。

「……そ、そうですか。まあ、確かに変わった人は多いかもしれないけど、腕は確かですよ、腕は……うん、きっと大丈夫です。我らが頼りの副隊長もついてますし、うんうん」

「？」

恭の言葉に、不思議そうに首を傾ける勇馬をなんとなく見ていたら、その腰に差している刀がいつもとは違うものだということに蓮は気づいた。

「勇馬、刀、替えたのか？」

平隊員は、その能力、戦闘スタイルに合わせて、軽刀・天、重刀・地のうちのどちらかを選んで使う。勇馬は腕力があるため、地を使っていたはずだが、いつの間に天に替えたのだろうか。

「え？　ああ、ちょっと試してみたくて。地より打撃は劣りますけど、軽いからすばしっこいヒト型相手には、機動重視でこっちがいいのかな〜って」

「わかります！　俺も天を使ってますけど、長時間持ってても、あまり疲れないしいいですよね〜これ」

恭が、自分の腰の愛刀を一撫でしながら言った。

「でも俺も、本当はもっと活躍して、いずれは蓮さんみたいに天才武器職人・八八花作《はちはちばな》の花札シリーズを帯刀したいな〜〜。恭もそう思うだろ？」

「はい！　白狼隊員として、やっぱり憧れですよね～？」

「……？」

勇馬と恭が瞳を輝かせながら、蓮の左腰にぶら下げられた愛刀、牡丹をじっとりと舐めるような目で見つめてくる。蓮は左右から向けられる暑苦しい視線に、少しの居心地の悪さを感じた。

基本的に、自分の武器は自ら責任を持って管理し、正当な理由がない限りは隊員同士とはいえ、他人には使わせてはいけないという決まりがあるのだ。いくら、憧れの武器を試しに使わせてくれと強請《ねだ》られても、残念ながらできない。視線に気づかない振りをして歩いていると、二人は諦めたのか、左右から同時に溜息をつかれた。

「あーあぁ、俺も、出世したい。そういえば、莉々さん、こないだ副隊長に昇格しましたよね」

「すごいですよね～！　異例の出世だって、三番隊の奴らも騒いでましたよ」

勇馬が急に莉々の活躍を話題にし、恭もそれに乗っていく。

「役職は、Ｂ級以上じゃなきゃなれないってのに、俺と同じＣでも、努力して上を納得させるだけの功績を上げれば、なれるって証明してくれた。俺たち平隊員の希望の星……いや、希望の女神だなぁ」

「そうそう、本当に尊敬しちゃいますよ。美人で気立ても良くて、仕事もできるなんて」

「……」

蓮は無言のまま、些か芝居がかった口調で莉々を褒めそやす勇馬と恭を交互に盗み見た。二人とも、結託したようににんまりと同じような表情で笑いながら蓮を見ている。嫌な予感がして、蓮は自然と目的地に向かう足取りを速める。少し遅れながら、二人は小走りに付いてきた。

「三番隊は、諜報で外にいることが多いから、なかなか会えないしなぁ。蓮さんも、苦労しますね～。ただでさえ、ちょっと年の差があってハードル高めだというのに、お労わしや」

「な、何言ってるの、勇馬」

「で、実際のところはどうなんですか？　そういえばまだ俺、あのお見舞いデートの報告を聞いてなかった気がしますね」

「お、お見舞いデート!?　なんだか、いけない響きですね、それ」

恭が、勇馬の言葉にわざとらしいほど大きな声で反応する。お見舞いデートという、まったく事実と異なる表現をされ、嫌な予感がどんどん膨らんでいく。蓮は、早く着いてくれとさらに歩調を速めた。

「……ちょっと、恭も信じないで、本当に違うから。俺と莉々は、ただの、………………仲間だからね」

「その間が、意味深だなぁ。本当にそれだけなのかなぁ」

「それだけ、には聞こえないですね？」

「っ……」

漫才でもしているかのように息の合ったコンビに、蓮はたじたじになって、言葉を詰まらせる。どう反応をしても、このややこしい空気は払拭《ふっしょく》できそうにない。二人とも部下ではあるが、蓮よりも年上のため、任務以外の場所では年上風を吹かせて、こうしてからかってくるのだ。そして大抵は、人生経験豊富な彼らのペースに呑まれ、蓮は逃げ道を塞がれてしまう。二人の、追い詰めるような目に根負けして、なんとか蓮は口を開く。

「……一番、守りたい存在だなって思うだけだよ!」

ふと、あの襲撃作戦の終わりに、握った莉々の手の感触を思い出し、自然と左手を握りしめた。自分には、伸ばした手を取ってくれる人がいる。今の自分にとって一番大切で、何より守りたいと思うのは、莉々なのだ。

「なるほど……つまり、その気持ちの出所は……」

「ほら、着いたぞ。早くしないと、博士たちがお待ちかねだ」

「ちょっと蓮さん、まだ話は」

勇馬と恭の質問攻めから解放され、蓮は急いでラボの堅牢なゲートをくぐった。

◆　◆　◆

気が遠くなるほどの生体認証ゲートを通り、八番隊隊員による口頭確認検査をパスして受付を通ると、蓮たちはまっすぐ、地下二階層への直通エレベーターに乗った。このラボのメインシステムはすべて地下にあり、一階層の深さはそれぞれ約五十メートル。階と階の間は分厚い防壁で覆われていて、強力な電磁爆弾にも耐えられるほどの強度で作られている。建物自体の強度としては、政府官邸や白狼本部とは比べるまでもなく、堅牢な砦《とりで》として作られていた。また、たとえ敵に侵入されたとしても、要である最下層の施設には辿り着けぬよう、地下は広大な迷路のように複雑に作られており、何度か足を運んでいる蓮たちでさえ、一歩ロビーを出てしまえば、目的の部屋まで辿り着けないほどだ。バーストラボは、この国の未来を守るための鍵として、国で最も堅牢で安全な要塞でもあった。

エレベーターが止まり扉が開くと、眼鏡を掛け、女物の着流しに白衣を纏い、顔に軽く化粧を施した美丈夫と、十歳前後に見える小柄な少女が立っていた。

「白狼のエース、蓮く〜ん！　久しぶりじゃない。全然来てくれなくて、寂しかったんだからぁ！あ、今日は隊長はいないの？　ざんね〜ん」

長身な男性でありながら女性の格好をし、その言動までも女性らしい神威樂《がく》博士が、蓮の肩にさらりと両手を置きながら言った。

「神威さん、お久しぶりです」

「もう、蓮くんたら！　アタシのことは、もっと親しみを込めて、樂って呼んでって言ってるのに〜！」

「いえ……それは、あの。規則ですから……すみません！」

「相変わらず、白狼の規則はお堅いわね〜」

白狼隊員は、法律上では半兵器という扱いであるため、その人権を削《そ》ぐという意味で、苗字の使用は認められていない。苗字があるのは中流以上の人間だけであり、このラボに務める博士たちにも、敬意を込めて苗字で呼ぶ規則となっている。

「今日から二週間ほど、三名、よろしくお願いします」

「ええ、大船に乗ったつもりで任せて頂戴。あらぁ……？　まーた新しい色男が入ったのね。お名前は〜？」

神威が、初対面である勇馬にちらりと流し目を送る。

「……ゆ、勇馬……です……」

「そう、勇馬君。なかなか良い男ね〜。よ、ろ、し、く♡」

神威が、勇馬の腰に手を回しながら耳元で囁いた。言動は女性的ではあるが、その声は男性の、艶やかで低い声だ。耳打ちされた勇馬は、目を見開いたままぴしりと固まっている。初めて見る神威博士は、勇馬にとって刺激が強すぎたのかもしれない。恭はもう慣れてしまっているのか、笑いを堪えながらその様子を見ていた。

「あの、神威さん……そのくらいで勘弁してやって欲しいんですが。勇馬は、この隊に入って初めてのメンテナンスですし、その、初心《うぶ》なところもあるので」

なんとか場を取り繕おうとした蓮の言葉に、恭が吹き出した。

「あらぁ～そうなの？　ごめんなさいね～。もう、その行き届いた気遣い、部下を見守る優しい瞳。やっぱり、白狼一の男前は、蓮くんよね」

「え……あの」

「ほら、神威さん。蓮さんも困ってますから、そのくらいにしてください」

柔らかに響いた高い声を辿れば、四人のやり取りを静かに見守っていた少女が、勇馬に絡まっていた神威の腕をやんわりと外した。彼女は小さな体に白衣の裾を余らせながら、やっと我に返ったようなそぶりの勇馬を下から覗き込んだ。

「初めまして、勇馬さん。私は、今日からあなたの担当研究員になる歌愛論輝《かあいゆき》です」

「え……君、が？」

勇馬は、自分の腰ほどの背丈しかない小さな少女を見下ろしながら、再度困惑したように目を瞬いた。神威といい歌愛といい、一見すると女装趣味の男性と、年端もいかぬ少女。どう見ても、彼らが噂のスーパーサイエンティストには見えないのだろう。白狼最強の十三番隊隊員たちを受け持つ、ラボ屈指の実力を誇る研究員にメンテナンスされると聞いて、勇馬は期待に胸を膨らませていたのだ。目の前の二人は、その勝手なる想像で描いていた人物とはあまりにも異なりすぎて、落胆しているのかもしれなかった。

少女は、返事もできないほど驚き固まっている勇馬に、にこやかに握手を求めた。勇馬はたっぷり十秒は遅れてから、小さな彼女の手を握り返す。胡乱な視線を向ける勇馬には構わず、歌愛は慣れた様子で、同じく担当である恭にも挨拶をしてから、メンテナンス室へと案内した。

迷路のような別れ道を何度も選択し、ようやく辿り着くと、歌愛はさっそくと言って、カルテを取り出した。

「じゃあ、まずは検診からですね。準備はできているので、さっそく治療台へ行きましょう。どこか体の不調を感じるところはありますか？」

「え？　あ、いや、ないです」

「最近の戦績データは、持ってきていますか？」

「あ、はい。これ」

「ありがとうございます。では、一応このデータも参照しながら、細かい見落としがないかチェックしていきますね。あ……二ヶ月前の傷はもう治ってるかと思いますが、これ。右腕の治りだけ、他の器官よりちょっと遅いみたいだから、念入りにメンテナンスしましょうか」

「え……なんで知って……!?」

右腕の治りが遅い、そう言った彼女に、勇馬は慌てている。右腕といえば、勇馬は二週間前の奇襲作戦で、後輩を庇って怪我を負っていた。だが、傷は掠った程度ですぐに治ったと言っていたはずだ。

「そうなのか？　でも、もう怪我は治ったって」

「はい……あの～、実は……その」

蓮が確認すると、勇馬は、しどろもどろになりながら口籠もった。

「ふふ。虚偽の申告は駄目ですよ。普段は地の刀を使用、とあるのに、今は天の刀を差しているから……もしかしたら、本当はまだ右腕の傷がちゃんと治ってないのかな～って。さっき握手した時も、なんだか動きがぎこちなかったから」

当たりでした？　と屈託のない笑顔で言いながら、歌愛は手元の電子カルテと勇馬の顔を交互に見比べている。図星なのだろう、勇馬はあっけにとられていた。ほんの短時間の接触と観察で、ここまで見抜いた少女を、彼はもう侮ってなどいないだろう。

「さ、勇馬くんと恭くんは諭輝ちゃんに任せて。蓮くんはこっちよ」

◆　◆　◆

視覚は、五感の中でも特に影響力が大きい。明るすぎても暗すぎても、人の自然な精神状態は作り出せないという。故にこのメンテナンス室は、明るくも暗くもない、絶妙な灰色で統一されていた。室内には、大きなガラス張りのカプセルがずらりと並んでいる。「ユリカゴ」と呼ばれるこのバースト生成装置は、人工子宮カプセルとも呼ばれていた。

バースト手術は、このカプセルの中で行われる。最初に、全身に繋いだプラグから、体内に特殊な電流を流し、細胞に掛かっているリミッターが外される。すると細胞から、本来持っている潜在能力が解放され、それまでの何倍もの力を発揮できるようになるのだ。ただ際限なく活動をし続ける細胞は、数時間と保たずに死んでしまう。そこにリバース薬という細胞高活性化材を培養液として投入することによって、細胞は高エネルギーを取り込みながら、少しずつ時間を掛けて再合成さる。これによって細胞は、潜在能力をフルに発揮したまま活動を続けられるようになるのだ。

　しかし、このリバース薬のエネルギーも、日々の生命活動で緩やかに消費されてしまうので、それが尽きる前に、定期的にリバース薬を摂取し続ける必要があった。いわばリバース薬とは、バーストにとって、細胞の食事のようなものだ。バースト化手術は、おおよそ三〜六ヶ月ほどの期間を掛けて、一つ一つのリミッターを外していき、少しずつ全身の細胞を作り替える。その間、被験者の素体は、カプセルの中で仮死状態になって眠っている。そして、細胞が十分にリバース薬に馴染み、全身が生まれ変わると、素体は自然に眠りから覚めるのだ。

　一度死の淵に追いやられ、強制的進化の果てに生み出された存在――ヒト人工進化技術の生みの親たる鏡音博士は、ヒトが本来持つ螺旋を破壊して強制的に生み出された者たちという意味込め、これをBurst《破壊》――Birthed《生み出された》と名付けた。

「さて、と。まずは診察から始めましょうか。……調子はどう？　ちらほら怪我をしていたみたいだけれど」

蓮は、カプセルの脇に置かれた簡易椅子に腰掛け、調整デスクに座る神威と向き合った。

「この三ヶ月間で二度ほどです。でも今は、どちらも完治しました」

「そう。報告書には、無茶をしたって書いてあるわ。あなたがとびきり強いバーストだとしても、無茶をすれば死んでしまうことに変わりないのだから、気をつけて。仲間たちも、さぞ心配したことでしょう」

「はい……」

整頓されたデスクに腰掛けながら、神威博士は先ほどまでのおちゃらけていた調子から一変して、慈愛に満ちた笑みを浮かべ、優しい口調で質問を投げ掛ける。彼のこの穏やかな眼差しや物腰を前にすると、蓮は毎度、何故か虚勢を張ることができず、素直な本音をさらけ出してしまう。不思議なことだが、男であるはずの彼に、どこか母性のようなものを感じているのかもしれない、と思った。

「それと、右目の調子は？　この戦闘記録によると、日輪銀行事件の出動の時から、痛みが出てるって書いてあるけれど」

「……右目には、特に怪我も負ってないんです。というか、元々、ないですし」

「なら、幻肢痛かしらねぇ。切断してなくなったはずの四肢が痛むのと同じような原理よ。精神的なものも影響してるかもしれない」

「……精神、ですか」

「ええ。たとえば、それを無くした時の状況に近いことが起きたり、考えたりすると、体がその時の鮮明な記憶を意思とは無関係に呼び起こしちゃうっていう、トラウマスイッチのようなものかしら。右目の奥が痛くなった時って、精神的にも何か負担が掛かる状況じゃなかった？　それか、その当時のことを思い返していたとか」

「……」

最初に痛いと思ったのは、ヒト型となった凛と再会した時。それから、昔の夢から覚めた直後。勇馬が自分を庇って傷つきそうになった時や、また凛と対峙した時。すべて、この右目が失われた時のことを思い出すような状況ではあった。右目と、そして幼い凛を失った時の記憶は、ぼんやりとしか覚えていない。あまりにもつらい記憶を、自分の心が封じ込めてしまっていたのだろうか。そして、今再び、その記憶が、からくりとして現れた凛によって呼び起こされるたび、痛みを伴って蘇っているというのか。

「本物の傷よりも痛みを感じてしまうなんて、かなり厄介だけれど……この、痛みが限界に達した後、急に頭が真っ白になってしまった、というのは？　興味深い反応だわ。詳しく教えてくれるかしら」

「はい。実は、詳しくといっても、自分でもあまり覚えていなくて。極限状態に追い詰められて、それまで痛かった傷の痛みも幻肢痛も、どちらも、一瞬、感じなくなったと思ったら……体が勝手に動いて敵に向かっているみたいでした。いつもよりずっと、速く動いていた、ような」

「なるほど……おそらく、細胞が覚醒状態になったのね」

「覚醒、状態？」

神威は、眼を瞑り眼鏡を押し上げて、急に押し黙ってしまったが、やがて意を決したように口を開いた。

「実は、まだあなたたちバーストには秘匿なんだけれど。近いうちに知ることになるだろうから、教えるわ。あなたの体験しているその極限状態は、バーストのさらなる進化形態なのよ」

「えっ……」

「元々リミッターを外してしまった細胞を、さらに強制的に活性化させるのが覚醒状態よ。普通は、自分の力でコントロールするのが難しいの。あなたの場合は、極限の精神状態に追いやられて、自然と体がそうなってしまったのね。我々は、その状態を意図的に作り出すための研究を、今急ピッチで進めているのよ」

蓮は、ラボが新しい強化対策を進めていると戒人が言っていたのを思い出した。それは、自分が体験したあの状態まで精神を無理矢理追い込むというものなのだろうか。だとすれば、それは肉体と精神の両方にかなりのリスクを伴うものなのではないだろうか。まさか、隊員たちを、無理矢理窮地に追い込むようなことをしなければならないのだろうか……。

内心の不安が顔に出ていたのだろう、ちらりと神威を見ると、彼は「安心して」と、慌てた様子で蓮の危惧を否定した。

「覚醒状態は、リバース薬を改良して作る強化剤によって試みる予定だから。わざわざ窮地に陥らせて発動させるものじゃないわ」

「あ、いえ……。俺も、別に怖いとか、自分の体が心配だとかじゃないんです。自分たちが、戦うために存在してるっていうのも、わかってるし。ただ、どんな薬になるのかなって。俺は慣れてるからいいですけど、まだ場慣れしてない部下たちには、その……」

「ええ。心配するのは当然よね。薬は、超短期間に爆発的な戦力を補うようなものになるはずだから、ここぞという時のエナジードリンクのようなものだと思ってくれればいいわ」

「そう、ですか……すみません。勘ぐったりなんかして」

「気にしないで。でも実装はまだ先ね。開発に時間が掛かっているのは、単純に、薬の材料が足りないせいよ。通常のリバース薬ですら、作るのにもの凄いコストが掛かるんだから。あなたたちを早く強化して、テロに打ち勝つ力をつけさせてあげたいのは山々なんだけど、現実は厳しいわね。理想ばかり追っていても、なかなか未来は掴めない。鏡音先生の見た夢……バースト技術の真の完成には、まだ足りないのね。彼らが作った最高傑作の男女は、十年経った今でも越えられそうにないんだもの」

「……？」

　神威は眦《まなじり》を下げて、切なそうな表情をして笑った。神威は、バースト研究の親、故・鏡音博士に師事しており、彼の死後もその遺志を継いで、研究に励んでいると言っていた。鏡音博士は、この閉塞した世界に生きる国民の存亡を見据えながら、人の生み出す科学技術に頼った循環社会に限界を感じ、ヒトという種そのものをヒトの手で強制的に進化させて絶滅の道を回避しようと努めた。その結果、できあがったのがバースト技術だという。自分たちが生きられる環境を作ることに限界が来たならば、逆に、過酷な環境にも耐えられるような、強靭な種へと進化を遂げ、生存場所を広げていく。それは古来より、ヒトに限らずあらゆる生命たちが取ってきた、進化・順応という当たり前の手段だろう。

「話が脱線してしまったわね、ごめんなさい。そろそろ、メンテナンスに入ろうかしら。あと、強化希望はまた脚力でいいのかしら？」

「はい。やっぱり俺の武器は速さだと思うし、それに……」

蓮は、躊躇いがちに視線を彷徨わせる。白狼隊員たちの前で声を大にして言うには、憚られる心情だが、神威ならば、わかってくれるだろうか。

「強くはなりたいですけど。できれば、敵を倒すことよりも、仲間や弱い人々を、救うことに秀でた能力を強化していきたいんです。甘いって、言われるかもしれないけど。今よりももっと速くなれば、その分、助けられる人も、増えると思って……あの、本当はもっと、腕力を強化したほうがいいっていうのは、自分でもよくわかってるんですけど、でも」

「ふふっ。相変わらず、蓮くんらしい理由ね。その優しさ、アタシは好きよ。私は反対なんてしないわ。足……特にふくらはぎの筋力強化ね！　あなたが大切なものを守りたい時、ちゃんとその足が間に合うように、しっかり強化してあげる。どーんと、任せておいて」

「ありがとうございます！」

「じゃあ、準備していきましょう」

神威はカルテを閉じて、いくつものスイッチが並ぶ機械パネルを操作していく。作動したユリカゴシステムが、低い駆動音を立てて動き始める。蓮は服を脱いで、カプセルの中に横たわり、酸素マスクを付けた。緩やかに四肢を固定されると、じわじわと、背面からリバース薬に浸されていく。もう五分もすれば、この小さなカプセルは疑似羊水で満たされるだろう。

「さ、始めましょうか。私と蓮くん、二人きりで楽しい一週間の始まりね」

「よろしくお願いします。でも俺、眠ってて全然覚えてないんですけどね」

「ここにいる間は、あなたを傷つけるものは、何もない。何も恐れるものはないわ。安心して、おやすみなさい」

だんだんと、意識が遠のいていく。ふわふわと、母親の胎内に戻ったかのような温かく安全な場所で、また新たな自分として生み出されるために、蓮はゆっくりと目を閉じた。

◆　◆　◆

三番隊は、入手した水簾近辺の情報筋から、紅椿のアジト・関連施設について諜報活動を続けていた。いくつかの拠点候補を見つけるが、どれもが決定打に欠けている。また、囮作戦をやったところで、一歩踏み込んだ途端に大爆発となり、施設もろとも証拠隠滅されたことがもう数度あった。やはり、向こうから出てきたところを一網打尽にするしか方法はないのだろうか。それか、決定的な証拠を掴んで、ここだとわかった拠点に大規模奇襲を仕掛ける……どちらにしろ、一か八かですべてを掛けてぶつかるしか、この戦いの終わりは掴めない気がする。

戒人は、手元の報告資料を読み終えると、顔を上げてちらりと窓の外に目をやった。十三番隊の作戦会議室は、出動要請を受けたらすぐにでも外へ飛び出せるように、一階の通り沿いに面している。国内を走る電磁誘導車は使わない。単純に、車よりも走ったほうが速いというのと、狭い土地に所狭しと配置されたビルや交通網を掻き分けながら目的地まで進むには、身一つで向かったほうが小回りが利くからだ。

閉じられた窓からは、橙《だいだい》の西日が射し込み、色づいた立派な紅葉の葉がそよそよと風に揺られているのが見えた。

「あの……戒人隊長？」

報告書を受け取ってから、難しい顔で沈黙を続ける戒人に痺れを切らしたのだろう、莉々がおずおずと躊躇いがちに声を掛けてきた。

「すまない、莉々。ちょっと、考え事をしていた。報告ありがとう。改めて、紅椿の尻尾を掴むのは容易ではないことがわかったよ。おまえたち諜報員は、本当に良くやってくれているな」

「いえ、そんなことは。まだまだ全然ですよ」

莉々は、戒人の称賛にも動じず、それどころか、居心地が悪そうに視線を彷徨わせている。

「どうかしたか？」

「……」

戒人が、常よりもそわそわと何かを言いたげにしている莉々を促すと、彼女は遠慮がちに言葉を繋いだ。

「あの……うちの隊長から聞いたんですが……定例隊長会議で戒人隊長は、紅椿の攻撃が止んでいるのは、水簾との資材調達パイプラインを絶たれたからではないと、おっしゃったって……」

「ああ、入江に聞いたのか。そう断定してはいないが……」

入江は、話を拡大解釈しているのだろう。彼としては、莉々をはじめとする三番隊の活躍のお陰で紅椿の活動が止んだと諸手《もろて》を挙げて喜びたいところに、戒人が余計な水を差したとでも思っているのかもしれない。

「紅椿の攻撃が止んだのは、作戦成功による結果だという見方には、一理あるとは思う。だがそれだけではないと言ったんだ。いきなりの沈黙には、他にも理由があるのでは、とね。何か心当たりがあるとかじゃなくて、ただの勘なんだけどな」

「勘、ですか。いえ……私も、実はそれだけじゃないような気がしていたので、こうして共有できて良かったです」

先の作戦成功の功績で、莉々はその情報権限を拡大していた。隊長級しか知り得ない情報も、得ることができるようになっている。今は、三番隊の他隊員たちとともに、先日の水簾関連会社からさらに手を伸ばし、癒着疑惑のある他の関連施設に潜入を続けているようだ。莉々は今まさに、波に乗っているという状態で、本人も昇進でさらにやる気が漲《みなぎ》っているのだろう、順風満帆な様子を、戒人も内心では喜ばしく思っていた。

「こないだ手に入れたヒト型からくりの腕の、機体解析結果はもう見たか？」

「まだです。実は、潜入現場からさっき戻ってきたばかりで」

戒人は、デスクの一番上に積んでいた書類を一枚取り出して、莉々に差し出す。

「左腕の情報から、その全貌を暴くというのはなかなか難しいようだが、それでもわかったことは多い。奴らは体の半分以上が機械。そして、その素体となっているのはやはり人間で……元バーストだ」

莉々は、驚愕して目を瞬かせている。部下たちの報告を受け、薄々示唆されていたことが当たってしまった。素体が元バーストなら、蓮の幼なじみの少女がからくりになっているのも辻褄が合う。

「元人間……それは、薄々感じてはいましたが、バーストとは……でも、いったいどこからバーストが流出したんでしょう？　ラボは鉄壁の守りのはずですが」

「……考えられる可能性として高いのは、八年前のバーストラボ襲撃事件、あの時かもな」

「では、八年前にラボとその隣接孤児院にいたバースト手術済みの子供たちのうち、死亡したと思われていた中に、実は紅椿に連れ去られた者が多くいた、と？」

「あくまで予想の話だな」

「確か、バーストラボ襲撃当時、隣接孤児院の爆発の規模は大きすぎて、遺体はほとんど残っていなかったと聞いてます。爆発までに何が起こっていたか、それも生き残った少数の孤児たちからの証言しかなく、詳しいことは不明、とされていましたよね」

「よく調べているな。蓮のためか？」

あの事件の場に、蓮もいた。蓮が、幼なじみを失ってふさぎ込んでいたのを、立ち直らせたのが莉々だった。生き残ったバースト孤児たちは、まだ幼く、事件のショックで、事情聴取にもまともに答えられない者ばかりだった。そのため、正確な情報は把握できず、行方知れずの者は一律に爆発に巻き込まれたとして、死亡扱いにしていた記憶がある。蓮も、戒人が見つけた時には半死半生で精神も錯乱状態、現在も記憶が朧気《おぼろげ》なようだった。

「戒人隊長。もしも、ですよ。あの事件の目的の一つに、バーストの子供たちの誘拐も含まれているのなら……？」

莉々は、一つの仮説を口にし、それきり沈黙してしまった。しばし口元に手を当てながら考え込んでいたが、ゆっくりと、まとまらない己の思考を整理するような調子で語り出す。

「……大半の子が死んだように見せかけるために大爆発を起こし、密かに連れ去っていたとしたら……我々バーストを上回る戦力として、子供たちの体をヒト型からくり兵として作り替え……政権転覆のための手駒、貴重な殺戮兵器として育て上げた……？」

莉々は、自分の口からするすると自然に紡がれていく仮説を耳にし、怯えた表情をしている。

「……だとしたら、その育てた中で最高の精鋭を使って、今度はさらに数を増やそうということに、なるでしょうか？　ヒト型からくりの素体となる、手つかずのバーストが欲しい。そうなった場合……まさか」

莉々の仮説に、戒人は彼女が何を言いたいのか察して、続きを繋いだ。

「……狙うのは、孤児院だろうな。紅椿の攻撃対象は、ざっくりと言えば、政府関連施設。だが、戦闘に巻き込まれた近隣施設も加味すると、ラボの関連施設と繋がりのある孤児院や学校に襲撃被害が飛び火している、ということも多い。確実に、これを狙っているとは断定しがたいが……たまたま、児童が近くにいたという場合がほとんどで、直接孤児院が狙われたわけではない。あくまでどれも、巻き込まれたかたちだ。だがこれは、紅椿だけじゃない、黒龍の被害報告にも上がっていることだから、彼らも怪しいだろう。そもそも、黒龍の幹部はバーストで構成されているようだしな」

先日見たリストが頭を過ぎる。あの白狼隊員候補生リストから突然いなくなってしまった、将来有望な少年。垂氷襲撃事件で、彼は巻き込まれたのだろうか——その陰謀に。莉々は、びくりと肩を跳ねさせ、瞠目し、口元を押さえながら戒人から視線を逸らした。

「……莉々？　どうした、大丈夫か？」

莉々は気分でも悪くなったのか、俯いてしまった。

「……すみません。ちょっと、想像したら子供たちが可哀想だなと思って。でも、盲点でしたね。政府系孤児院から、反政府テロ襲撃に巻き込まれるという自然なかたちでの行方不明児が、攫《さら》われ、敵となっているかもしれないなんて。元々が、我々と同じように生まれたバーストだったなんて……。敵だけど、ヒト型からくりとはやりづらく感じますね」

「ああ。特に蓮は、つらいだろうな」

「え？」

「蓮の昔の友達が、あのヒト型の椿である可能性が高い」

「……え!?　そう、だったんですね。知らなかったです……」

「蓮は、おまえには何も言ってなかったのか？」

「はい。何か、悩んでいることがあるような話はしてくれましたが……あの話が、まさかそんなことだったなんて……」

莉々は、悲しそうに目を伏せた。新政権になって力を入れ始めた、貧民孤児保護制度。政府直営孤児院の孤児たちは、適正と、その意思がある者は、バースト手術を受けることができる。バーストになれば、白狼隊員としての軍属が義務づけられてはいるが、貧民街でいつ死ぬかもわからない暮らしを続け、横行する犯罪やテロに怯える日々からは脱却できる。強く従順な兵力が欲しい政府と、保証された生活と確かな存在意義が欲しい貧民孤児。孤児のバースト化は、双方の希望をうまく叶え合うシステムなのだ。反政府組織による孤児院の襲撃は、彼らの戦力の元を密かに調達しつつ、同時に、政府のバースト兵力循環を崩すことになる一石二鳥の作戦でもあるだろう。

「……俺たちの話は、あくまでもただの推測だ。だから、慎重に動いてほしい。おまえの他にも、三番隊の中でも選りすぐりの数名にも、それぞれ動いてもらっているだろうが」

「わかりました。あの……」

「なんだ？」

莉々は、躊躇いながら口を開いた。

「……まさか、あの紅椿の初音が、自らバーストを作って、それをからくり化している、という可能性は」

「それは、ないだろうな」

「何故、言い切れるんです？　彼女は、あの鏡音博士の弟子で、その右腕として彼女自身もたくさんの優秀なバーストを生み出してきた。それなら」

「……八年前のラボ襲撃事件の首謀者があいつで、自ら博士を殺したということは、ラボを襲撃する行動と矛盾しているだろう。それにバーストを今でも作っているのなら、戦力に投入してくるはずだ。彼女はラボも、バーストも、政府も、すべてを壊そうとしている……俺には、そう見える。だがその動機だけは、わからない……」

「ただ政権を取りたいから、邪魔な武力である我々を排除しているだけ、という可能性は？」

「政権を欲しているかどうかはわからないが……あいつは、無駄なことはしない。だから、今こうして俺たち白狼を、手間暇を惜しまずに壊しにきてるのは、過程じゃなくて、おそらく、それ自体があいつの目的なんだろうと俺は考えている。政権が欲しければ、もっと他の方法をとるだろう」

莉々は、考え込むように押し黙ってしまった。

「いったい、彼女は何がしたいんでしょう……何が目的なんでしょうか？」

「……それがわかれば、苦労はしないな」

「あなたを作った、そのご本人のことでも？」

「ああ。俺はあいつにバースト手術を施され、強くなり、国民を、特に弱い人々を守るために戦うことを誓った。彼女もそれを望んでいるのだと思っていた。だが、今は……」

鏡音博士の第一の助手であった美紅が、何故博士を裏切り、反政府組織へと寝返ったのかは、戒人にもわからない。ある日突然失踪し、その三年後、敵としてラボを破壊しに来た美紅。

戒人にバーストの力を与え、その力の使い道を説いたあの優しい笑顔は、今ではもうなくなってしまったのだろう。

「今の潜入先はかなり際どいところだと総隊長から聞いたんだが、大丈夫なのか？」

「……はい。潜入は、順調にいってます」

「そうか……無理はするなよ。それと……」

戒人は一度言葉を切り、声を低め、常よりも真剣な眼差しを莉々に向けた。

「今日話したこと……おまえの仮説も、そこから導いた奴らの目的も。あれは俺たちの推測だ。誰にも漏らさないでくれ。親しい関係の者にも、だ。この意味が、わかるか？」

視線が交錯した後、莉々ははっとして目を伏せた。

「……白狼に内通者がいる、と？」

戒人は、否定も肯定もせず、視線を窓の外へと向けた。

「承知しました。私、頑張ります。なんとしても、これ以上、悪党たちの……紅椿の好きにはさせません！」

薄暗い室内に、確かな決意を滲ませた声が響く。気づけば、すっかり日が傾いてしまっている。窓から射し込む夕焼けの逆光で黒く塗りつぶされ、莉々の表情はよく見えなかった。

◆◆◆

黒龍最高幹部の一人と噂されている、赤鬼。その背後には、青鬼と黄鬼が控えている。画面の向こうの錚々《そうそう》たるメンバーをちらりと一瞥すると、美紅は、交渉役を芽駒に任せ、後方のソファへと深くもたれた。交渉の間は、画面の前にいなければいけないが、他にやることもない。凛の愛銃・村雨《むらさめ》のメンテナンスがまだだったことを思い出し、手持ちぶさたの間やってあげると言うと、凛は喜んで銃を差し出した。すると、射愛が躊躇いながらも羨ましそうな声を漏らしたのに続いて、手斗が遠慮もせず、次は自分のドリルをやってくれと声を上げる。その隣で、大きな体を小さく丸めて縮こまる留湖は、俯いたままちらちらと美紅の様子を窺っている。からくりたちの言葉を無視し、美紅はさっそく銃の留め具を外していく。こちらの、およそ重大な交渉の場には似つかわしくないマイペースな様子に、黒龍たちは少し戸惑っているようだ。

『ええと……それでは』

「まずは、その仮面を取ってもらいましょうか。何度も、同じことを言わせないでいただけますか」

あちらの交渉役らしい赤鬼の言葉を遮り、芽駒は心情を読み取らせようとしない、冷静で落ち着いた声音で言った。画面の向こうに佇んでいた三人が、それぞれ淀みない手つきで鬼の仮面を取る。芽駒が、現れた顔をじっと見据え、先日の交渉時と同じ顔ぶれであると確認すると、ちらりとだけ美紅を振り返るが、美紅は興味もなさそうに銃の分解を続けている。

「交渉の前に……先日の、水簾でのこと。あれは、裏切りと取ってよろしいでしょうか」

『なんのことです？』

「はぐらかさないでいただきたい。驚きましたよ……なんたって、敵の白狼部隊の中に、あなたがいらっしゃったのですから。取引を持ち掛けておきながら、その実、白狼に我々を売ろうとした……裏切られた、と捉えられても致し方ないでしょう」

冷静な物言いだが、芽駒の声には凍てつくような感情が滲んでいる。赤鬼から交渉役を代わり、スパイ疑惑を掛けられた黄鬼が真ん中へと座ると、にこりと微笑んで言った。

『言いがかりは止めてほしいものです。白狼へは、先だって告げていたとおり……すでに長期潜入中なのです。私が黒龍のスパイだと疑う者は誰一人としておりません。それほど奴らの懐深くまで入り込んでいるのですよ』

「ほう……ですが、白狼でのあなたの任務とやらのために、こちらは大損を引いたのですよ？その責任は、どう果たしていただけるのでしょうかね」

芽駒の言葉に、黄鬼は一瞬惚けたように固まってから、声を出して笑い始めた。その随分とこちらを馬鹿にしたような態度に、美紅は少しの苛立ちを覚えるが、芽駒はその様子を黙ってやり過ごしている。黄鬼はよくわからないツボで笑い終えると、一つ呼吸を置いて口を開いた。

『……っははは。失礼しました。我々は、ちゃんと、あなたたちの望む物を手に入れるために動いているのですよ。あの日のことも、その一環です。ご安心ください』

「それを、信じられる根拠がありませんね」

芽駒は射るような目つきで画面の奥の黄鬼を睨み付ける。

『こちらが手引きしたというのは誤解も甚《はなは》だしい。私は、白狼には潜入しているだけです。白狼の決めたことに、ただ従って動きながら、情報を盗む。それがスパイというものでしょう』

「何を言うかと思えば……白々しい。話はそれだけですか？」

その口調はずっと落ち着いているように聞こえるが、芽駒の怒りはすでに限界に達しているようだった。無理もないだろう。直接出向いた先での戦闘現場に、これから大事な取引をしようとしているこの目の前の人物が、何食わぬ顔で敵として現れたのだから。芽駒は、この通信が切れるや否や、黒龍のアジトを探しにからくりたちを連れて出て行くかもしれない。美紅は分解した部品を組み立て直し、最後にトリガーの調子を確認する。

「凛。これ、ちょっと持ってみて？」

「はーい！　うん……ちょっと、トリガーが緩いような……」

凛から銃を受け取り、美紅は再度、トリガー部分を微調整した。黄鬼が、白狼内の任務で仕方なく紅椿奇襲に参加していたのか、そうでないのか、そんなことは美紅にとってはどうでもいいことだ。理由など関係がない。世の中は結果がすべてなのだから。今回の交渉は、やはり決裂だろうか。

『随分とご立腹ですね。何にそれほど苛立っておられるのか、そこまで私に腹を立てられる理由がわかりませんが……そんなに私の演技が気に入りませんでしたか？　あの時、あなた方は咄嗟に、私に合わせて、白狼には内緒にしてくれていたと思っていたのですが……ああ、それとも……』

黄鬼は、にんまりと口の端を上げ、さぞ愉快といった表情を浮かべた。

『……未だに水簾工場を……いえ。銀咲大和の死を、引きずっていらっしゃるのでしょうか』

「!! 貴様ッ！」

「芽駒。止めなさい」

激昂した芽駒を、美紅が変わらぬ穏やかな声で宥《なだ》めた。

「しかし、美紅様！」

芽駒の後ろで黙って聞いていた美紅は、おもむろに立ち上がり、モニターに近づいていく。

ぎりぎりまで近づいた零距離で、凛の銃をぴたりとくっつけた。

ドンドンドン——。

『!!』

正面のモニターは破壊され、そこから三人の姿が消えた。ちょうど黄鬼たちが映っていた辺りに、三つの穴が空いている。

「……イマイチねぇ。まだちょっと、緩い……かしら？」

「あははっ命中〜〜！　美紅様ったら上手〜」

凛が、嬉しそうに笑い出した。サブモニターを見ると、奥のサブカメラから写った自分たちを、黒龍の三人は、僅かな動揺を滲ませつつ凝視している。突然の美紅の行動に、やりすぎたと気づいたのだろう。ふぅと、スピーカー越しに溜息が聞こえた。

『……戯《たわむ》れが過ぎました。お許しください。あの大物が、よもや我々と同じ側の人間、政権転覆を狙っていたとは……惜しい人を失いました。これは推測なのですが……』

黄鬼の目がすっと細められる。

『白狼……いえ、政府は、あなた方と銀咲氏との太い繋がりに気づいた。けれど、彼はやり手で、なかなかその尻尾を掴ませない。それならばと、逆にあなた方に出てきてもらうために、証拠を作ろうと、彼を利用した。銀咲氏を政府の手で始末し、あたかも賊に襲撃されたかのように報道する。彼との繋がりが途絶え、その活動資源困窮に危機感を持ったあなた方は、急いで、彼の息のかかった取引先から資材をかき集める……白狼に、知られる前に。そうして一番の調達先である水簾工場で、まんまと、あなた方は彼らの仕掛けた罠にはまってしまった……違いますか？』

「……」

『……私は、たまたまあの作戦現場に居合わせただけのことです。今回の襲撃は、あなたが欲している物を手に入れるための布石として、どうしても打たなければいけなかった。優秀な白狼隊員としての働きを見せるには、うってつけの作戦でしょう。ですが……それが、そちらの意に添わなかったことは事実ですので、謝りましょう』

「……そう。わかればいいのよ」

頭を垂れる黄鬼に、美紅は、背後のモニターを見つめて言った。

『どうか……必要な投資だったと思ってください。今回のあの奇襲作戦がなければ……あなた方との交渉物は、手に入れられないのですから』

「……本当に、用意できるのかしらね？　私の望む物を」

そう挑発してやると、今度は、黄鬼が瞳の奥を僅かにぎらつかせる。

『私も、何度も同じことを言うのは、好きじゃありませんよ？』

その瞳が、今まで見たことないほど、底冷えのする闘志を燃やしている。なるほど、これは、なかなかの大物だ。

「ふふっ……冗談よ。交渉を続けましょう。もう私たちのほうは、準備が整っているのよ。ねえ……手斗、留湖？　この子たちのうちのどちらかを、お譲りするわ」

美紅は、後ろに控えていた手斗と留湖に声を掛ける。

「はい、美紅様！」

「……」

手斗は、新たに作り足したばかりの左腕を、右手で摩りながら、この場に似つかわしくない底抜けに明るい声で頷く。その隣で、留湖は返事もせずに俯きながら、美紅から逃げるように顔を背《そむ》けた。

『そうですか……ふふ。それは、楽しみ。では、後は我々の努力次第、ということでしょうね。ああ、それと……一つお願いが』

「まだ何かあるのかしら？」

美紅は、うんざりといった顔を隠さずに言った。

『実は、例のものを手に入れるにあたって、一つ問題が起きまして。後処理に、手を貸してはくれませんか？　あなた方の手で、始末をお願いしたい人物がいまして』

黄鬼は、一枚の紙をその手に持っていた。

「そんなの、貴方たちが自分でやればいいと思うのだけど。何故私たちが尻ぬぐいをしなければならないのかしら？　こちらはそんなに暇ではないのよ」

『こちらで処理したいのは山々なのですが……そうはいかないのですよ。いろいろと、込み入った事情があるのです。だから……』

そう言って、黄鬼は持っていた紙を広げて、一枚の顔写真付きの書類を見せた。それは、白狼隊員の内部リストだろうか。今までの経歴から、現在の役職までがずらりと記載されている。

「へぇ……そういうことね」

「おもしろそう……ねえ、その始末。あたしがやってあげようか？」

後ろで退屈そうに聞いていた凛が、目を爛々《らんらん》と輝かせて言った。

「はぁ……どうする、芽駒？」

「それがあなた方への貸し一つ、ということでしたら、引き受けましょう。私と凛、射愛で対応させていただきますが」

『どうぞ、貸しと捉えていただいてかまいません。これは、取引とは別件。いつか必ず、何かのかたちでお返ししましょう』

「なら、そうして頂戴。凛も、張り切っているみたいだし」

美紅の言葉に、凛はこくりと頷きながら、嬉しそうに笑う。射愛も、控えめに小さく頷いた。

『時間と場所、方法は、また後ほど伝えさせましょう』

画面越しに、黄鬼はにこりと余裕をたっぷりと滲ませた笑みを零した。通信を切ると、美紅は再度ソファに深々ともたれ、大きく息を吐いた。

「……どうも、何か引っ掛かります。奴らは、やはり信用できないように思いますが」

「ええ、そうね。おそらく、何か嘘をついているわ」

あの黄鬼は、かなりのやり手だろうことは、その立ち居振る舞いや、完璧ともいえる演技力を見ればわかる。だが今日の交渉の中で、何か違和感もあった。あとで映像をもう一度見返しておく必要があるだろう。

「でも、そうだとしても、私たちは交渉で、アレを手に入れる必要がある。大義の前には、多少のおいたにも、目を瞑りましょう」

「……」

「黒龍がアレを持ってきてくれるのなら、安いものでしょ？　そういえば、そろそろ、どっちをあちらに引き渡すか、決めないといけないわね……といっても、わざわざ話し合うほどでもないかしら。一番使えない子を渡すと決めていたものね。それなら、引き渡すのは……」

美紅がちらりと視線をやると、終始黙っていた留湖が、一瞬だけ哀しげな目で見つめ返してくるも、すぐに視線を逸らして俯いてしまった。渡すのならば、この留湖になるだろう。戦闘員としての実績は不十分であり、元々のメンタルの弱さも目立つ。戦力としては、今いるからくりの中では最も役に立たない留湖を手放すのが一番いいだろう。

「うん！　私、黒龍に行ったって、変わらずに働いて白狼倒すよ！」

「て、手斗……!?」

美紅が、留湖の名前を紡ぐのを遮るようにして、手斗が自ら名乗りを上げた。その隣で、留湖が狼狽えながらオッドアイを揺らしている。

「ち、違うよ手斗……引き渡されるのは、手斗じゃない。一番、使えない子が行くんだから」

「あはは！　私、こないだの戦闘で、義手になっちゃったからさ……って、元々半分は機械化してるから、義手の義手……？　この腕も、前ほどはうまく動かせないし。留湖はまだ戦闘任務に出た経験は少ないけど、これから経験を積んでいけば、もっと美紅様のお役に立てるって！」

「なっ……そんな、手斗は、違う。その左腕だって、こないだの戦闘で僕のことを庇っ……」

手斗の左手が、留湖の口を塞いだ。

「美紅様、今、この中で一番使えない子を行かせるんだよね？　だったら、私が行くってことかな。直してはもらったけど、前みたいにうまく左手、使えないし」

美紅は、手斗の言動に、僅かな苛立ちを覚えた。手斗は嘘をついている。確かに、生身の部分の左腕は無くなってしまったが、新たに補充したパーツが馴染まず、戦闘能力が大幅に下がることなどない。命を繋いでいるコアさえ傷つかなければ、ヒト型からくりは何度でもその肉体パーツを取り替えられる。留湖を庇い、自ら犠牲になろうとするその彼女の気持ちが、美紅の神経を逆撫でし、酷く不快にさせた。

「そうね。貴方が一番、いらない子よ」

美紅は、心の中の苛立ちをぶつけるように言い放った。いらない。こんな、美紅の心を無駄に掻き乱そうとする反抗的な彼女は、そう、美紅にとって、いらない子だ。

「つはは！　美紅様ったら、相変わらず厳し〜な〜！　ま、多少なりともそれで恩返しができるのなら、私は喜んで行くけどね」

「そんなっ……手斗、嫌だ。離れたくないよ、どうして……」

留湖が、手斗に縋《すが》るように抱きついた。凛は、興味なさそうに椿の花をむしり、射愛は、二人のやりとりに同情したように眉を下げながらも、自分が選ばれなかったことにどこかほっとしたような表情をしている。これ以上、この不快な茶番を見ていたくない、そう思っていると、芽駒が何かを察したように、からくりたちに退室を促した。静かになった部屋の中で、大きな溜息をついていると、芽駒が戻ってきて、こちらも辟易《へきえき》したような表情で頭を下げた。

「教育がちゃんと行き届いていないわね、芽駒。射愛が、貴方の後任としてなんとかからくりたちをまとめてはいるけれど、まだまだ力不足よ」

「すみません。あとで、きつく言いつけておきます」

芽駒は、もう以前のように、ヒト型からくりを交渉材料に使うことに難色を示さなくなった。この聞き分けがよくて機転の利くところが、美紅が彼女を一番に気に入っている理由でもある。美紅の壮大な目的のために、彼女たちに与えた生は、ただ壊すこと……兵器として美紅の手足になって働くことだけだ。余計な感傷を生み出そうとする者は、美紅にはいらないのだ。

「八年前の襲撃とは状況が違うでしょうね。ラボは、あの時の教訓を汲んで、より強固に、より複雑な作りの砦に作り変えられているはず。だからこそ、どうしてもアレが必要なのよ」

「はい。それは、私も重々承知しています。この期に及んで、ヒト型の戦力流出を懸念などしません」

「それにしても……白狼も黒龍さんも、こないだの水簾の件では、私たちが白狼の罠にはまってしまったと思っているようだけれど……滑稽ねぇ。思わず吹き出しちゃうところだったわ。まあ、こちらにとっては都合がいいじゃない。そう思わせてあげていたほうが、今後も動きやすいでしょう」

「ええ……確かに。我々の目的は、目の前の些事ではありません」

「ところで……こないだ拡張した資材倉庫の状況はどうなっていたのだったかしら？」

「はい。人員も増やしているので、作業スピードは問題ないかと……おっと、噂をすれば」

芽駒がちらりと扉に視線を向けると、ちょうどそこには、資材調達担当の部下たちが報告書を持って立っていた。

「大事なお話中にすみません、美紅様、芽駒様。ですが、いち早く我々の活動報告をお伝えしたく、急いで現場を片付けて参りました」

資材調達班長の男が、直角におじぎをしたまま報告を告げる。

「あら、そんなに焦って、全員で来るだなんて。お行儀が悪いわと言いたいところだけれど……その顔は、余程私の喜ぶ結果を出してくれたようね？」

居並ぶ大の男たちは皆、その柄の悪そうな顔に隠しきれない高揚感を滲ませ、早く自分たちを褒めてくれとでも言いたげに美紅を見つめている。

「……ああ……楽しみだわ。もうすぐ完成する。私の、武器が」

こちらは、ゆっくりと、その時を待てば良い。それまでに、やらなければならないことはたくさんあるのだから。

第五章　喪失

「クソッ！　離せ、離せ〜ッ!!」

「おいおい。今暴れると、さらに刑が重くなるぜ？　公務執行妨害ってやつだな」

勇馬の腕一本で、両手を後ろ手に拘束されたまま、男は足をばたつかせた。言動から、おそらくは、まだ十代の若者なのだろうと思う。そうだと言い切れないのは、彼がとても健康な若者には見えないからだった。病的に細く、ぼろぼろの歯をちらつかせ、ぱさついていて艶の一切ない髪の毛を振り乱し、年齢不詳の雰囲気を醸《かも》し出している。

「この、政府の犬っころめ！　今に見ていろよ……おまえら汚ねえ差別主義者どもなんか、ブースト手に入れた俺たちが、まとめて全員ドカンと蹴散らしてやるんだからなッ！　ヒャハハハハハハハッ」

「はいはい、わかったから、ちょっと大人しくしてろって。後でゆっくり、檻《おり》の中でいくらでも喚《わめ》いていいからさ〜」

男は、焦点の定まらぬ血走った目をぎょろつかせながら、手と足をびくびくと痙攣《けいれん》させている。その動作の至るところに、あのブースト薬使用後の禁断症状がすでに見え始めている。今は発作により精神が昂ぶって暴れているが、もう数時間もすれば、突然ゼンマイが切れた人形のようにぱったりと静かになるだろう。蓮は、その悲惨な姿を想像して溜息をついた。

大通りで突然暴れ始め、通りに面する建物を壊していたこの男を見つけ、拘束したのはつい五分ほど前。蓮は勇馬と、この第三中流区域を巡回中にたまたま出くわしたのだが、近くに一般警察の駐屯所がなかったため、近隣地区からの出動を待っているところだ。大通りの一角で人目を避けつつ、行き交う野次馬たちを牽制しているとはいえ、男の奇声に驚いた通行人たちは、白狼に捉えられた素行不良者を好奇の目で見ていく。ここが貧民街ではなく、中流階級の人々の居住区だからだろうか、人々は、さっさとこの社会の害虫を駆除してくれというような、汚《けが》らわしいものを見た不快さを滲ませながら通り過ぎていく。その冷たい目線に、蓮は心のどこかがちくりと痛み、同時に、目の前の男に同情した。そうこうしているうちに、視界の端には、慌てた様子でこちらへ駆けてくる警官が二人映った。

「ほら、お迎えが来たぜ。良い子で連行されていきな」

「くっそ、馬鹿にしやがって!!」

ガシャリと両腕に手錠を掛けられて、暴れていた若い男は、ようやく到着したこの地区の一般警官に引き渡される。勇馬が簡単に事情を説明すると、一般警官たちはすぐに来た道を戻っていった。その一部始終を見届け、蓮は無線の通信を入れる。ほどなくして、この中流階級居住区の白狼駐在所に待機していた二番隊の副隊長が応答した。

「お疲れさまです。第三中流区域、午前の巡回、終わりました。特に大きな事件はありませんでしたが、ブースト薬を使用して暴れていた不審者を一人見つけ、拘束しました。単独犯で武器も所持しておらず、警戒レベルは一と判断したので、一般警察に引き渡しました。薬の売人に繋がるかもしれないので、一応九番隊にも報告をお願いします。昨日テロ騒動があった花氷《はなごおり》ショッピングセンターも、建物は一部修復作業中ですが、通常どおり営業を再開しています。警備員には念のため、異常があればすぐ知らせるよう言ってあります」

『了解しました。昨日の騒動を鑑みて、引き続き二桁隊に巡回を頼むということになりました。午後からは十番隊の皆さんが代わってくださるそうです。引き継ぎ連絡はこちらで行いますので、このままお二人は本部へお戻りください』

「了解しました」

午前の見回り任務結果を報告し終え、蓮は無線を切った。最近は紅椿のからくり機械兵による襲撃がぱったりと止んだ影響で、十番隊以上の隊員たちの活躍の機会はめっきりと減っていた。その結果、バーストラボで肉体強化に励む傍ら、こうして他隊の任務に協力する日々が続いている。

通常、危険の少ない市中の巡回は一、二番隊の仕事だ。彼らは見回り業務が主なため、実際に大きなテロ事件が起きた場合は、戦闘には参加しない。一、二番隊の隊員は、そのほとんどがD、E級のバーストであり、一般人よりは遙かに力はあるが、彼らの実力でからくり機械兵や黒龍幹部たちに立ち向かうのは難しい。彼らは事件に遭遇し次第、いち早く、本部や近くの駐在所に待機する十番隊以上に応援を要請して、一般人の避難誘導や現場封鎖をするのが仕事だ。

本部までの帰り道を歩いている途中、ふと空を見上げると、いつの間にか雨雲が立ちこめていた。空は、濁った灰色をしている。一雨来そうな感じだ。

「やっと終わりましたね。それにしても俺、七番隊にいた頃はラボ関連の警備が基本任務だったし、一般人たちと接する巡回任務って未だに慣れないっす」

「そうだったのか？　俺には、かなり手慣れてるように見えたけど」

勇馬は、気さくで愛想が良いため、誰とでも気負いなく接しているように見える。こうして巡回任務に出て市中の人々に声を掛けている時も、先ほど男を捕らえて宥めていた時も、たいして苦に感じているようには見えなかったのだが、内心では何か思うところでもあったのだろうか。

「そういえば今朝の朝礼でも、十一、十二番隊の隊員たちは、あまりこの巡回任務には乗り気じゃなさそうだったな。見回り中に、嫌なことでもあったのかな……？」

「蓮さん……それ、本気で言ってます？　たぶん、見回り巡回任務をなんの躊躇いもなく受け入れてる二桁隊隊員のほうが、少数派だと思いますよ。特に、十一、十二番隊の奴らは、今の状況、かなりストレスに感じてると思います」

「えっ？　な、なんで……？」

「逆に蓮さんは、普段よりもこっちの任務のほうがいいんですか？」

そう言われて、蓮はどきりとした。どちらの任務がいいかなどと、考えたこともない。与えられた任務を、そのとおりにこなすのが自分の務《つと》めだと思っていた。この巡回任務は別に嫌ではない。今の、久方ぶりの平穏とも言える日々を、蓮は内心ではかなり喜んでいた。紅椿の破壊テロには、からくりが現れる。そこには、また凛がいるかもしれない。彼女はもう以前の彼女とは違うし、蓮が何を言っても改心してくれる気配はない。もう、粛正すべき敵でしかないのだ。だから彼らの活動が納まり、凛と戦わなくてもいいこの現状は、蓮にとってはなんら嫌なことではない。それは逃げの思考であり、声を大にしては決して言えないことだが、蓮の正直な気持ちだった。

黙ったままでいると、即答しない蓮の思考をどう捉えたのか、勇馬は眉根を寄せて言い募ってきた。

「このままずっと平和な見回り任務ばっかりじゃ、全然、活躍の場がないじゃないですか！　活躍する機会がないってことは、昇進の機会もないってことですよ？」

「昇進？　副隊長以上に、なりたいってこと？」

「いいえ、違います！　十三番隊に入りたいんです」

「なんで？」

「なんでって蓮さん！　十三番隊は、我が白狼の顔ですよ？　映画で言ったら、誰もがなりたい、主役。普段の仕事で功績をあげて、編入試験に合格さえすれば、誰にだってチャンスはある。なのに、こんな状態が続けば、隊異動なんてできないじゃないですか」

確かに、隊異動はよくあることだ。だが、そうまでして十三番隊に入りたい隊員が多かったとは、蓮は露とも知らなかった。その気合いの篭もった勇馬の熱弁に、蓮は気圧されながらもなんとか相槌を打った。

「えっと……そういうものなの、かな？」

「蓮さんは最初っから十三番隊だからわからないのかもしれないですけど。俺だって、必死こいて試験受けて、やっと憧れのこの隊に異動になったんですから。もう、十三番隊に異動願い出してから、六回連続で試験に落ちたんですよ。それにこの先も、成績が悪ければ、他隊の奴と交代させられる可能性だってあるんですから」

「そ、そうだったのか……ごめん。人事系の仕事は全部戒人隊長がやってるから、あんまり詳しく知らなかった。でもなんでわざわざ、一番危険な任務の多いここを志望するんだろう？」

「……それはやっぱり、不安だから、なんじゃないですか」

「不安？」

「どんなに今俺たちが、市民を守るためにバーストとして戦えていたとしても、大半は、この社会の最底辺で這いずり回ってた過去があるんです。力がないと何もできないってことは、嫌というほどこの身に刻み込まれてる。だからどんなに強くなっても、もっと上を、力を、本能的に求めてしまう、というか……」

　強さを求める理由。蓮は、守りたいものが目の前で失われていくのを、ただ見ているしかできない、無力な自分が晒されるのが一番怖かった。だから、大切なものを守れるだけの力が欲しい。勇馬の言う強さへの渇望は、それと似ているだろうか。少し、違うような気もする。

「暇だと、普段は忙しくて心の隅に追いやってる悩みとかが、ひょっこり出てくるんですかね。俺たちが、本当にこの街に、この世界に必要なのか……とか」

勇馬の言葉に、蓮はいきなり心臓を鷲づかみにされたような焦燥感に襲われる。

「……今は、必要とされてる。巨悪に立ち向かうための力として。俺たちじゃないと立ち向かえない悪がいる」

「貧民街がある限り、犯罪がなくならないってのは、なんとなくわかります。百人中百人が貧乏で惨め……あんなに毎日食うに困って、明日もわからないような生活してたら、こんな世界を回してる政府に腹も立つし、犯罪だって起こしたくなりますよ。だから、どんなに懲《こ》らしめても反政府組織はなくならないし、悪党も減らない。だからたまに思うんです。俺たちは、たまたまこっち側に来れて、ラッキーだったなって」

「……」

「適正があったから。でももし……適正もなくて、あのままスラムで、頼る人もなくずっとその日暮らしの生活だったなら……」

「……」

蓮は、先ほど引き渡したばかりのあの男のことを思い出していた。みすぼらしい身なりに、不健康な体、力ある者たちへの憎しみに満ちた、憐れな社会的敗者の目。それは、かつて自分たちも一度は体験したことのある状態だろう。貧民街をうろつく孤児たちは、街の中で、僅かな繋がりを頼ってその日の糧を得て、時には犯罪に手を染めながら、なんとか生きていくしかない。すぐ隣の地区に住んでいる中流階級の人々には、汚物を見るような目で見られ、当然、助けてなどもらえない。この国の権力者たち……政治家や大企業の重役といった上流階級など、その居住区に入ることすらできない。彼らに抱く思いは、もはや人種が違うのだという諦めの境地に達していた。今では、守るべき対象となった彼らだが、幼い頃に植え付けられた彼らへの強烈な嫉妬や嫌悪は、すっきりとは消えてくれないまま心の片隅にこびり付いている。そして普段は忘れていても、今日のように、ほんの少しの刺激に誘発されてしまえば、ふつふつと浮かび上がってくるのだった。

「政府は、最近は良くやってくれてると思いますよ。少しずつだけど、世の中が良くなってきてる。俺たちみたいな貧民層の連中にも、貧困を脱するチャンスを与えてくれて。でも、もし自分にバースト適正がなかったら？　孤児保護対象区の、あの適性検査に落ちてたら……って考えると」

「……うん」

「正義って、何なんですかね、本当。一歩行く道が違ったら、俺のほうが、今日のあの男みたいになっていたかもしれない。そんなに簡単に、己の正義が逆転するかもしれないって、ちょっと怖くなりますよ。俺たちは正義のために生きてるのか、生きるために仕方なく正義やってるのかって。それでぐるぐる考えてると、頭の中、ごちゃごちゃになって、何のために毎日、命賭けて必死に戦ってるのかわかんなくなって……」

　蓮は、切々と紡がれる勇馬の言葉に連動して、己の中の価値観が揺さぶられるのを感じた。掌には、いつの間にかじっとりと汗を掻いている。口の端も、僅かに震えていた。

「勇馬……俺、」

「だから蓮さん、俺のストレスが爆発する前に、帰ったら鍛錬に付き合ってください！　新たに強化した俺の必殺技を披露してみせますよ」

「……え？」

　散々、鬱々とした重い空気を醸し出していたが、やはり生来明るい性格の勇馬にはそれが長続きしないらしい。彼は難しい課題に頭を悩ませ思考が行き詰まると、体を使って溜まったストレスを発散させるという癖があったことを思い出す。そして一とおり暴れると、まあどうにかなるだろう、という楽観的な回答に行き着くのだった。

　いきなりの方向転換に、蓮は順調に膨らませていた己の苦悩の行き場をなくして、しばし呆気にとられる。しかし、彼の悪戯めいた笑顔を見ると、無意識に胸を撫で下ろしていた。

◆　◆　◆

「そこだッ！」

「……ッ」

バチンと、激しく木がぶつかる音を立てて、真正面から突き出された木刀を受け止める。ぎりぎりと木刀同士で力の押し合いになるが、力比べでは蓮には分が悪い。

「どうです？　前腕を中心に強化してもらったんでっ、前よりも重く、なってません？」

「そうだなッ……なかなか、良い感じに強化されてると、思う……けどッ！」

そう言って、蓮は、後ろで踏ん張りを利かせていた右足にさらに力を入れ、大股で一歩前に踏み込んだ。その予想外の押しに驚いた勇馬の手が、びくりと怯む。僅かに生じた隙に、蓮は下から上へ、勇馬の木刀に自分のそれを思い切り滑らせ、物打のところで、思い切り横に振り切った。弾き飛ばした木刀が、中空を舞って、がしゃんと板床に擦れた。

「げっ……」

綺麗にすっぽ抜けてしまった木刀の行方を目で追い掛けていた勇馬の喉元に、さっと剣先を突きつけると、参りましたと、溜息とともに残念そうな呟きが零れる。

「俺はふくらはぎを強化してもらったから、前より踏み込みが利くようになったと思うんだけど、どうかな？」

「良い感じだと思いますよ。でも、俺も歌愛ちゃんにかなり強くしてもらったと思ったのにな〜。やっぱり敵わないや……今日こそは一本くらい取れるかもって思ったのに。ちぇー」

勇馬は、悔しさに頬を膨らませながら、飛んでしまった木刀を拾い上げる。第一訓練場には蓮と勇馬しかおらず、貸し切りのような状態になっていた。この珍しい事態に喜んだ勇馬に、先程からここぞとばかりに試合形式での手合わせを申し込まれている。彼が自分でも言ったように、その剣撃は以前よりも重くなっている。先の強化メンテナンスで、初めて担当に就いた歌愛博士だったが、噂どおり、彼女も凄腕の研究員のようだ。勇馬の現在の階級はCだが、今回のメンテナンス結果を加味すれば、B級への格上げ判定も通るかもしれない。

「そういえば、蓮さん。凄い新人が入ってきたらしいって話、聞いてます?」

「?　どこの隊に?」

「お隣の十二です。しかも、本当にいきなりですよ。二週間前、俺たちがユリカゴでぐっすりしていた時の事件、聞いてますよね」

「あ、ああ」

蓮は、自分たちがラボでメンテナンス休眠を取っていた間に起きたという事件を思い出す。確か、最近動きが活発化しているらしい黒龍の幹部によって、十二番隊の副隊長が殉職したというのだった。十番隊以上の、しかも役職級が殉職など、ここ二、三年なかったことだ。

「その空いたばかりの副隊長席に納まるらしいですよ、養成学校出たての新人が」

「……いきなり、か?　それは凄いな」

「しかもですね～、それが、めちゃくちゃ可愛い女の子らしいですよ!　アイドルみたいに可憐って噂です」

「へ、へぇ……」

目を輝かせながら熱弁する勇馬にたじろぎながら、蓮は、戒人から以前に聞いた白狼のイメージアップ戦略について思い出していた。今年の政権樹立十周年記念式典に向けて、強い政府の象徴でもある白狼の強化を大々的にアピールしていくと言っていた。そのために、新人もどんどん増やして、既隊員たちも、続々とラボでの強化を進めさせている。だが、まさか見目の良い隊員を敢《あ》えて目立つ役職に据えて、広報的な話題作りにまで手を伸ばすというのだろうか。

「俺には流風さんと鳴子の姉さんに、莉々さんっていう花がいるから、もう十分間に合ってますけどね〜。あ……莉々さんは蓮さんの担当だから、駄目か」

「ど、どうしてそこで俺が出てくるんだよ、もう」

「莉々さん、また最近見かけませんよね。俺、ラボから戻って、まだ一度も見てないっす」

「……忙しい、みたいだよ」

「そうですか〜。あ、流風さんといえば、聞いてくださいよ！　俺さっき、ばったり廊下でぶつかっちゃって、その時の慌てた彼女の様子が……」

蓮は、少しばかり沈んだ内心を悟られぬよう、ゆっくりと勇馬から視線を逸らす。定期検診から帰ってから、蓮も未だに莉々には会えずにいる。戒人や三番隊の隊員の話では、昇進してから、さらに仕事に打ち込んでいるという。現在は、紅椿の資材調達部隊近くまで潜り込むことに成功し、まさに快進撃を遂げているようだ。彼女の順風満帆ぶりを嬉しく思う反面、蓮には複雑な感情がもたげてきた。彼女は確かに気が利いて空気が読める、だから潜入任務は得意だろう。だが、バーストとしての戦闘能力はお世辞にも高いとは言えない。莉々がC級バーストとして格付けられているのは、戦闘能力ではなく、強化された五感の一つ、味覚解析能力を評価されてのことだ。戦闘能力だけ取ってみれば、彼女はD級。白狼隊員としては中の下といったところだ。そんな状態で、万が一にも、潜入先で戦闘になってしまったらと思うと、蓮は心配でならなかった。

「……というわけで、流風さんがついに、俺という男にときめいて焦って逃げていったという可能性、どう思います？　……って蓮さん、聞いてました？」

「あ……ごめん。ええと、流風さんがどうしたんだっけ……」

「あっれ〜？　こっちに来てるって聞いたのになぁ。どこに行っちゃったんだろ」

突然響いた高い声に耳を傾けると、扉を開け、きょろきょろと室内を見回している少女と目が合った。彼女が動くたびに、淡い灰色の髪の毛がふわりと揺れる。猫を連想させる大きな金色の瞳は、しきりにきょろきょろと何かを探して動く。美少女という言葉がぴったりのその少女は、おっとりと間延びした声で話し掛けてきた。

「あのーぉ。ここに、戒人さんが来るって聞いたんですけど、来てたか知りませんかぁ？」

「あ、もしかして、君……！」

勇馬が、目の前の見慣れぬ少女に頬を緩ませながら口を開く。

「ここに、戒人さんが来る予定はないけど……」

「がーん！　頑張って左近隊長を撒《ま》いてきたのにぃ。ショックです～」

蓮が説明すると、少女はさしてショックを受けたようには見えない、笑んだままの顔で、困ったと嘆いている。少女はずっとにこにこと笑顔でいるが、それは感情とは別に、貼り付いているような感じがした。

「ええと、戒人さんに何か用があるの？」

「えへへ。そうなんです～！　私、これ貰ったんですけど、戒人さんの刀のほうがいいな～って。だから、交換してほしくて」

「…………は？」

少女は、腰に差していた刀にぽんと手を置いた。

「えっ……？　それって、花札シリーズの、桜……？」

勇馬が、刀の鞘に描かれた桜の紋を見て驚愕の声を上げる。

「そうで～す。でも私、こっちよりも戒人さんが持ってる菊がいいんです～。あれが花札シリーズ全十二種中、一番強力だ～って聞いたので。普段はそっち、使ってないみたいですし。だったら一本くらい、いいかな～って」

「隊員同士の武器の交換は、原則的に認められてないから、できないと思うけど……」

蓮は、だんだん彼女の言動に頭が痛くなってきていた。確かに戒人は、花札シリーズの萩と菊、二刀を所持している。最高の切れ味を持つ菊に、扱いが難しいが手に馴染めば矛《ほこ》としても使えるという高硬度の萩。戒人は普段、萩しか帯刀していない。だからといって菊は不要というわけではなく、これは彼が本来特殊な戦い方をするために、同時所有を許可されているのだ。決して、持ち腐れをしているわけではない。ちらりと隣を見ると、勇馬もその顔にありありと困惑の色を浮かべて首を傾げている。

「知ってますよ～！　だから、戒人さんに勝負してもらうんです。私が勝てば、きっと、応じてくれますよね？」

「え……戒人さんは、この白狼で一番の実力者だから、それはちょっと無謀なんじゃないかな」

勇馬が、やんわりと彼女を諫めるように言った。

「うーん……でも直接戦ったことないから、どっちが強いかは、はっきりしてないですよ？」

「いや、そもそもそういう問題じゃなくて」

「それに、話した感じ、そこまで言われるほど強そうには見えなかったけどなぁ」

「ちょっと待て。いくらちょっとかわいいからって、それは聞き捨てならない。俺の尊敬する戒人さんを侮辱する発言は、撤回してもらおうか？」

「えー？　別に、侮辱するつもりはなかったんですけど。本当のことを言っただけっていうか」

勇馬は、尊敬する上司に対して失礼な物言いをする少女に憤り、初対面ということも忘れて怒りをぶつけているが、少女はまったく意に介していないようだ。

「とにかく、たとえ戒人さんが良いって言ったって、そんな我が侭《まま》な理由で勝負なんてしない……っていうか、俺がさせない。戒人さんは、俺たちの上に立つ忙しい人なんだ、わざわざそんな茶番に付き合ってる暇なんてないよ」

「え？　うーん……じゃあ、最初はあなたに勝てばいいのかぁ。うん、わかった」

「はぁ？　どうしてそうなッ」

少女は、鞘を収めたままの桜を右手で構え、いきなり勇馬に打ち込んできた。突然の事態になんとか反応し、木刀を構えて受け止めたものの、勇馬は少女の力に圧されている。その細腕のどこにそんな力があるのだろうか、片手持ちのままぐいと力を込め、勇馬の木刀を真ん中から叩き折った。

「はい、私の勝ち」

「なっ……」

「じゃあ、戒人さんとの勝負の時、あなたは邪魔しないでくださいね？」

「ちょっと待て！　そんなの卑怯だろ！　いきなり打ち込んでくるなんて」

「えー？　時間がもったいないから、早く済まそうと思っただけですよ」

確かに、いきなり望んでもいない勝負を勝手に始めて、開始早々打ち込んでくるのは、どう考えてもフェアとは言えないだろう。たまたま互いに獲物を持っていただけで、それも、電磁刀と木刀。鞘を抜いてはいないとはいえ、電磁刀・桜は重量刀のため、打撃は木刀よりも遥かに重い。

「そうだな。俺も、今のはフェアじゃないと思う。というかそれ以前に、戒人さん不在のまま、話が変なことになってると思うんだけど……」

蓮は、何故かおかしな茶番劇が始まっていると感じながらも、一応、空気を読んで少女を宥める。

「こんな勝負、ちゃんとした真剣試合にはカウントされない。こんな巫山戯たこと」

「……へぇ～。じゃあ、今度はちゃんとやりましょうよ？　真剣勝負」

突然、少女の目つきが変わった。大きな目をさらに大きく見開き、道場の隅に置いておいた蓮と勇馬の刀を拾い上げると、それぞれぽいと投げて寄越した。

「ちょ、ちょっと待ってくれ！　何を考えて」

刀を受け取った蓮は、彼女が何をしようとしているのか察して、慌てて口を挟んだ。

「私は、いつだって本気です。巫山戯てなんかいませんよぉ？　もう一回やりましょうよ。真剣勝負」

「だから、なんでそうなるんだ？　俺はそもそもおまえと勝負をするなんて一ッ言も」

「負けた理由を、環境や道具のせいにするなんて、かっこ悪いですね。一応こっちは、可哀想だなと思って、片手持ちで手加減はしてあげたのに～」

少女の言葉に、勇馬の動きがぴたりと止まった。どうやら、手加減という言葉が彼の逆鱗に触れたようだ。

「そこまで言うならいいだろう。俺がおまえより弱いかどうか、試してみろよ。俺が勝ったら、あんたのその桜をくれるってんなら、勝負してやってもいいぜ」

「あははっ！　いいですよ〜」

勇馬が、すらりと愛刀を抜き放ち構えた。それを見た少女も、にこりと嬉しそうに笑って重量刀・桜を構える。今度は、しっかりと両手で構えている。本当に、手加減をする気はないらしい。張り詰めた真剣な空気を纏いながら、二人が睨み合う。ダン、と床を蹴る音とともに、勇馬が踏み込み、少女も大振りに刀を振り上げる。まずい——。

刹那——目にも留まらぬ速さの剣撃が二回、閃《ひらめ》いた。蓮は、先に勇馬の刀を受けそのまま高速で弾き落とし、大きく体を反転させて振り返りざま少女の刀を受ける。勢いをつけ最高速でぶつけたはずの蓮の牡丹でも、最重量刀・桜の一太刀は強烈だ。蓮は、心の隅にふつりと沸き立ってしまった戦いへの高揚感を必死に抑えながら、ぐいと足に力を込めて、体重を掛けて振り切り、桜も弾き飛ばした。目の前で、少女がぽかんと口を開けて絶句している。背後から、勇馬が息を呑む音が聞こえた。蓮は、二人分の無言の視線をたっぷり正面と背中で受け止めた後、ゆっくりと刀を下ろした。

「手合わせは木刀。試し切りは、隣の模擬戦闘場で、模擬敵相手にと決まっているから。隊員同士で、電磁刀を用いた私闘、真剣勝負は禁止だよ。あと、賭け事もね。来たばかりだから、まだよくわからなかったんだろうけど」

蓮は、未だに固まったままの少女を諌めながら、白狼内での規則を教えた。先刻からの様子で、この少女には、怒ったり正論を真っ向からぶつけても無駄なような気はするが、やはり組織の先輩としては、入ったばかりだろうこの新人の面倒はしっかりと見なければいけない。

「それからここ、土足厳禁だから。次からは、気をつけてね」

「……はぁ。蓮さんには敵わね〜や」

殺気立っていた勇馬が、毒気を抜かれたように呟き、頭を掻いている。

「あと君、名前をまだ聞いてなかったけど。新しく配属されたっていう十二番隊の……」

そこまで言うと、惚けていた彼女が、ようやく我に返ったようにはっとして、先程までのどこか貼り付けた笑顔ではなく、本当に楽しそうに見える、満面の笑みを浮かべた。

「はい！　十二番隊の副隊長に配属されました、新人の繭《まゆ》です。よろしくお願いしま〜す」

◆　◆　◆

十三番隊隊長室へと続く廊下を、そろりそろりと警戒しながら通り抜け、急いで扉を開けて室内へと入る。座り慣れた椅子へと腰を落ち着けると、戒人はほっと息を零した。どうやら、ここで待ち伏せはされていなかったようだ。ようやく落ち着いて仕事ができる。

さっそく、本日分の書類仕事に取りかかろうとパソコンを開くと、バーストラボの管理司令室の通信履歴が目に入った。折り返し通信をかけると、ほどなくして鳴子が出た。

「すまない。今日はずっと本部内にいたんだが、ちょっといろいろあって、遅くなった」

『お疲れさま。確か、十二番隊の新しい副隊長の子に指導があるとか言ってたわね。どんな感じなの？　新しいS級のかわいい子は。配属早々副隊長なんて大変よね』

新しいS級の子……繭は、昨日から配属になり、今日は午前から、同じくS級である戒人が、その戦力評価のための測定テストに付き合っていた。だが、何を思ったのか、彼女は戒人をいたく気に入ったらしい。それも、自分と同じくらい強いなら直接戦ってみたいという、あまり任務には関係のない理由でだ。

配属後、一週間は研修期間となり、白狼内での規律を覚えたり、各種能力測定や、生活・実務指導などを受けることになっている。だが、今日の能力測定テストを終えて戒人がいつもの仕事に戻った後も、繭は別の研修からこっそり抜け出しては戒人の元に現れ、勝負を持ちかけてきた。そのたびに、直々の上司である左近や十二番隊の隊員に連れ戻されている。

あの隊員たちの隙をついて逃げ出してくるとは、確かに並大抵の実力ではないだろう。本人も、わざわざ教えてもらわなくても、入隊前に令恩から直々に教えてもらったから大丈夫だと言って研修を面倒くさがっている。今回の入隊は、令恩を始め、政府の上層部からの推薦もあって、久々のS級である繭が異例の副隊長として抜擢されたのだが、その見た目も性格も、まだ随分と子供であった。一つしか年が変わらない蓮とはだいぶ違うなと、戒人は、見た目に反して真面目でしっかり者である部下を思い出した。

「……まあ、そのうち慣れていくんじゃないかな。鳴子も、いろいろ面倒見てあげてくれ」

『ええ、そのつもりよ』

「それで、用件は何だったんだ？」

『あ、そうそう。別に急ぎの用事ではないんだけどね。珍しいことだから、一応確認にと思って。今日、そっちって新しい作戦会議とかやってるの？』

「いや？　隊長たちは皆、それぞれの任務についてるはずだが」

『そう。実はね、ちょうど二時間前くらいに、ラボの警備システムにアクセスがあって、ラボ内部の見取図がダウンロードされていたから。何か新しい作戦にでも使うのかな～と思って、気になって。流風に確認しようと思ったんだけど、呼んでも全然返事がないから、あなたに連絡したのよね』

「ラボの見取図データ……？　いや、作戦立案に使うなら確かに流風だろうが、特に聞いてはいないな。端末アクセスコードはわかるか？」

『それが、誰からのアクセスかまではわからないのよ。白狼の中では副隊長以上の幹部しか使えないから、どこかの隊長か副隊長よね？』

この国で、最高度の厳重警備がしかれているラボの見取図など、七番隊でもなければ、そうそう手にする必要はない。そもそも七番隊でさえ、国の最重要機密であるバースト技術、その大元が管理されているラボの最下層には立ち入ることができないのだ。警備状況やラボ内部を改装する予定もないのにデータを必要とする者などいない。

戒人は、何か嫌な予感がして、眉根を寄せたまま鳴子に視線を送る。鳴子は、戒人の懸念を感じ取ったのか、いつもの溌剌とした笑顔を潜め、困ったように瞬きをした。

『……でも、ラボ内部の見取図なんて持ってても、あんまり意味ないわよね。外側の玉響バリアがある限り、侵入なんて絶対に不可能よ。核兵器並みに強力な兵器でも作らないと。でもそんな物は資源が枯渇状態のこの国で、どう足掻いても作れっこないわ。政府でさえ無理なのだもの。もし仮に、いくつもの生体認証をパスしたスパイが紛れ込んだとしてもよ？　中では、私たち七番隊が常に見張っている。絶対に落とせない城の見取り図なんか手に入れたって……』

「……だと、いいんだがな」

戒人は、思ったよりも弱々しく紡がれた自分の声音に驚いた。鳴子の言葉は尤《もっと》もであるとわかっているのだが、何故だか肯定できなかった。反政府組織がラボ内部に侵入する目的はただ一つ、最下層にあるバーストラボ技術だ。鳴子たちは、敵がラボ職員に扮して複雑な生体認証ゲートをパスして侵入してきた時のために、内部で常時警備をしているが、今までに、この生体認証は突破されたことがない。

外と内の警備も万全だが、このラボ自体も、万が一にも侵入された時を想定して、堅牢な巨大迷路のように作ってある。七番隊や研究職員たちでさえも、毎日暗号化された地図を頼りに内部を行き来しているほどだ。内部はとにかく広く、まったく同じ作りの部屋が無数に並んでいるのだった。その上、四方は頑丈なシェルター素材のため、中から爆発を起こしても、それは隣の部屋までも到達しないだろう。

だがもし、自分が反政府側だったとして、万が一奇跡的に、このラボに侵入できたとしたら、どうするか。警備を倒し、そのまま地道に最下層まで最短で辿り着く方法はないか探るだろう。そうなると、必要になってくるもの……それは、ラボ内部の見取図だ。これがなければ、最下層まで自力で辿り着くのは難しい。

「鳴子。このことは、他には言ったか？」

『いいえ、まだよ。さっきも言ったけど、こういうことはまず流風かなと思って、通信掛けたんだけど、全然出ないのよね。きっと、お昼ご飯でも食べに行ってるのかも。ほら、最近あいつ、残業ばっかりで全然私たちの相手をしてくれなくなっちゃったけど、昼間はちゃんと……』

「いや、流風には言うな」

『え？』

鳴子は、眉間《みけん》に皺を寄せ、険《けわ》しい目つきで戒人を見た。

『な、なんで……？　流風には知らせておいたほうが……』

「いや、言わないでくれ。令恩総隊長には俺から伝えておく」

『……まさかとは思うけど……疑ってるの？　流風がデータを』

「白狼内に、敵の内通者がいる」

鳴子の目が、これでもかというほど見開かれた。その細い喉が、ごくりと小さな音を立てながら上下したのを、高精度のモニターが拾った。

「流風が、と言ったわけじゃない。俺たち以外には、今のところ漏らさないでほしいというだけだ」

『……わかった』

「助かるよ」

鳴子は、不安げに瞳を揺らめかせていたが、戒人は手短に残りの用件を伝えて通信を切った。

◆　◆　◆

隊長室を出ると、ちょうど鍛錬を終えたらしい蓮と勇馬が、廊下の向こうからこちらに向かって歩いてきた。

「あ、戒人さん！　お疲れさまです。ちょうど良かった」

どこか疲れた顔の勇馬に声を掛けられる。

「ああ。どうした？　なんか、いやに疲れてないか、二人とも。午前の巡回任務で何かあったか？」

「いや、それがですね……」

勇馬はぐったりした様子で、午前の任務から戻ってきた後、蓮と訓練場で鍛錬をしてから今までに起きたことを語り始めた。どうやらさっそく新隊員の藺に出くわし、初対面のまま手合わせをしたという。戒人は、予想はしていたがやはりかと、内心で溜息をついた。令恩から、藺は戦闘狂の気があるとは聞いていたが、入隊早々、至るところでその悪癖を発揮しているらしい。

「はは。おまえたちもその、災難だったな。ま、あの子も数少ないS級だから、いろいろ思うところもあるんだろう。隊は違うとはいえ、俺たちの後輩だし、いきなり副隊長を任せられてはいるが、まだまだ子供だ。先輩として、おまえたちも面倒見てやってくれよ」

「うわっ……やっぱりSかぁ……。戒人さん、蓮さんに続く、史上三人目のバケモン級が……」

「バ、バケモン……」

勇馬がどことなく興奮気味に言った言葉を、蓮は額面通りに受け取ったのか、しょんぼりとした顔をした。この二人は相性は良いのだが、性格の根本が真逆なようで、たまにこうして気持ちがかみ合っていないことがある。

「ところでおまえたち、流風を見なかったか？」

「ああ、流風さんなら、午前の任務が終わって帰ってきた時、俺会いましたよ！　鍛錬の前に食堂前の廊下で。なんか相当急いでたみたいで、慌ててどっか行っちゃったから、どこに行ったかまではわからないですけど」

「……そうか」

◆　◆　◆

「お疲れさまです、蓮さん」

「え……？」

蓮は、扉の前にいた人物を見て、僅かに首を傾げた。確かあの後、違う研修があると言ってなかっただろうか。勇馬との鍛錬に突如乱入してきた彼女、繭と一悶着を終えた後、蓮は寄宿舎に戻り自室で寛《くつろ》いでいた。そして繭は、午後の研修に向かうと言っていたはずだが、何故今ここにいるのだろう。扉の前で突っ立ったままでいるのも居心地が悪いだろうと、ひとまず繭を室内に招くと、彼女はいそいそと入ってきた。

ちょうど準備していた珈琲を、彼女の分も出してやる。自分と年は同じくらいだろうかと、お気に入りの砂糖とミルクも薦めてみるが、意外にも彼女はブラックのまま美味しそうに飲んだ。それどころか、蓮の特性カフェオレを見て、逆に驚いた顔をされてしまった。仲間たちからは激甘と称されているが、そんなに驚くほどだろうか。

白狼での実戦経験はまだないだろう彼女だが、蓮と戒人に続く、史上三人目のS級隊員。戒人にも、「先輩として面倒をみてやれ」と言われた手前、無下にもできない。彼女は明るく元気に振る舞ってはいるが、もしかしたら、S級隊員だからといきなり副隊長に任命され、プレッシャーや悩みを感じているのかもしれない。

「えっと……繭、だったよな。研修は、もう終わったの？」

「はーい、蓮先輩！　研修は、行ったんですけど誰もいなかったから、先輩たちが来るまで暇なんですよ～。だから、蓮先輩のとこに来ちゃいました」

繭はにこりと微笑んで、かわいらしく小首を傾げた。つい先刻、訓練場で対峙した時とは少し雰囲気が異なる気がする。あの、マイペースで勝ち気な物言いはどこにいったのだろう。心なしか、彼女はこちらの出方を窺いながら、先輩の蓮に敬意を払ってくれているように感じる。

「配属は、今日から？」

「んーん、昨日からです。昨日は、隊の規則とか、つまんない話を一日中聞かされてました。今日はせっかく会えた戒人さんと、もっとお話ししたかったのに、全然会えないし。だからストレス溜まっちゃって……そうしたら、ちょうど蓮先輩たちが楽しそうに打ち合っているのを見て。へへ、良いストレス発散になりました～」

繭は、出会い頭《がしら》から戒人と戦って武器を交換したいだとか、どちらが強いだとか言うので、妙に好戦的だなとは思っていたが、溜まっていた鬱憤を先ほどの手合わせで発散させたかったのだろうか。そうだとしたら、あの勇馬とは方向性は異なるが、案外似たもの同士、明るく快活、戦闘好きで細かいことは気にしないタイプなのかもしれない。

「あのぉ～、蓮さんって、年いくつですか？　私と同じくらいかなぁ」

「俺は十六だけど」

「じゃあ私より一つ上ですね。ねえ、好きな食べ物は？　その珈琲、すっごく甘い匂いしますけど。もしかして、見た目と違って、甘い物が好きなんですかぁ？」

藺は、暇だからとこちらに来たようだが、いったい何をしに来たのだろうか。てっきり、何か悩み事でもあるのかと思ったのだが、どうやら違うようだ。

「あの、君は俺に何か用があったんじゃ……ほらその、悩み事の相談、とか？」

「悩み事、ですかぁ……うーん。特にないですけど」

「え？　じゃあ、なんで俺のところなんかに……隊も違うし、十二番隊の先輩たちとか、隊長の左近さんとか……彼らとはまだ打ち解けてないの？　もしかしてほら、先輩方が、優しくしてくれない……とか」

白狼は隊によってカラーがあるが、十二番隊の隊員たちはどことなく、蓮には当たりがきつい印象だった。以前に勇馬が言っていたように、上昇志向の強い彼らは、十三番隊には常に対抗意識を燃やしていて、何かと突っかかってくることも多い。いきなり副隊長に任命されてきた年若い少女である藺のことを、もしかしたら邪険に扱っているのかもしれない。蓮は少しだけ危惧していたことを、それとなく聞いてみた。

「んー、そんなことないですよ。ここへ来たのは、蓮さんとお話ししてみたかったからです。私、自分と同じくらい強い人って会ったことないから、気になるんです。どんな人なんだろうな〜、いつか戦ってみたいな〜って。蓮さん、すっごくいい匂いがする……強い人の匂い。ふふ」

「えっ……？」

蓮は、予想していたのとは随分違う回答に、思わず面食らってしまった。彼女は、自分と同等レベルに強い人間と戦ってみたくて、蓮や戒人に興味を示しているということなのだろうか。確かに、S級バーストは三人しかいない。彼女が、自隊のメンバーにいじめられているわけではないと聞いて、ひとまずは安心するが、彼女は彼女で、少々面倒な性格をしているような気がしてきた。蓮が辟易している間にも、彼女はおかまいなしにマイペースで話を進めている。

「蓮さんは～、非番の日は、何してるんですか？」

「えっ？　うーん……」

「あ！　っていうか、今って非番ですか？　なら、私とデートしませんかぁ？」

「デート……って、……えぇ!?」

突然の申し出に蓮は吃驚《びっくり》して、手に持っていたカップから僅かに珈琲を零してしまった。

「ふふっ。だって、暇なんだもん。蓮さん、この後は何か予定あるんです？」

「いや、……特には、ないけど……」

「やったー！　じゃ、さっそく行きましょう！　私、あまり街に出たことないんです。だから」

「ちょ、ちょっと待って！　確かに今日は非番だけど……」

喜々として立ち上がり支度を始めようとする繭を制し、蓮は急いで止める。だが、口からは適当な断り文句が続いてこない。こんな時に、なんと言えば良いのか。あまりこういったことには慣れていないため、蓮はたじろぎながら、必死で思考を巡らせる。

そもそも蓮は、この後は一人でトレーニングをしようと思っていた。先日の強化メンテ後、脚力の他に、少しだが視力も上がったように感じていたのだ。それを、動体視力測定マシンで確かめ、模擬戦闘場で記録更新に挑戦しようと思っていた。この久方ぶりの一人の時間に、なんとか済ませておきたい。だが、入ったばかりでまだ心細いだろう新人をこのまま放置してもおけないだろう。

蓮の心の葛藤など気づかぬ様子で、繭はにっこりと笑んだまま期待に満ちた目を向けてくる。いったいどう答えるのが正解か……しばし悩んでいると、沈黙を破り、ポケットの中の携帯端末が鳴った。緊急を告げるそのけたたましい通信音に、思考がぴり、と引き締まる。

「ちょっとごめん」

急いで携帯端末を開くと、そこには緊急暗号メールが来ていた。差出人の欄を見て、蓮はどくりと心臓が嫌な音を立てるのを聞いた。緊張で震えそうになる手をなんとか抑えながら、恐る恐るメールを開く。

「莉々……」

飛び込んできた情報に、鼓動が激しくなっていく。なんとかして落ち着けようと深く呼吸をしてみるが、速くなるばかりで一向に静まらない。吸い込んだ空気が、喉を急速に乾かしていくようだ。

「あの〜、蓮さん。顔色悪いですけど、大丈夫ですかぁ？」

足が震えそうになるのをなんとか堪えていると、いきなり狼狽えだした蓮の顔を覗き込んで、藺が声を掛けた。その声にやっとのことで引き戻され、蓮は高速で思考を始める。メールには、莉々が潜入任務中に、下手をして紅椿に捕まったこと、その前になんとか手に入れ隠した敵の機密情報を、奴らが見つける前に受け取って、令恩に渡して欲しいと書いてあった。

こうしてはいられない。すぐにでも、莉々を助けに行かなければ。莉々の携帯端末にはGPSがついている。今も端末が捨てられずに彼女とともにあれば、どこにいるか、場所は容易に特定できるはずだ。乾いた喉をごくりと嚥下《えんげ》させる。メールに、助けてくれとは書かれていない……ということは、十中八九、来るなということだろう。それだけ、状況は危険で、切迫しているということだ。

莉々が潜入先から盗んだらしい情報の隠し場所は、彼女がよく使っている秘密の私書箱に預けていると書かれていた。これを蓮が持っていけば……紅椿と人質交換の交渉をすれば、莉々を助けられるかもしれない。急がなくては——そこまで一気に思考をまとめて立ち上がり、歩きだそうとした瞬間、いきなり強い力に引き留められる。振り返ると、首を傾け、不思議そうな顔をした藺に右腕を掴まれていた。その強い力に、腕はびくりとも動かせない。

「どこ行くんです？」

「すまない。俺は、これから緊急の任務が入って」

そう言って急ごうと体を動かしても、彼女はまったく放してくれない。いったいどんな怪力だろうと、彼女の腕力に感心するが、今はそれどころではない。

「君の行きたいところには、後で連れていくから！　今は」

「私も連れてってくださいよ、その任務」

「……え⁉」

「だって、緊急なんでしょ？　一人で行くんですか？」

「……」

　蓮は、そこではたと気づいた。もし乗り込んだ先に、たくさんの敵が待ち構えていたら。敵のアジトならば、当然、アウェーだろう。いくら自分が強いほうだとはいえ、一人きりで急いで乗り込んで、莉々を無事に救えるのか。だが、これを戒人や他の隊員に話したら……おそらく、ちゃんとした作戦を立ててから動けと言われるだろう。そもそも、莉々が命を張ってまで手にしたという貴重な情報を、その彼女を救うために返しにいくことが許されるだろうか。貴重な情報と莉々、その天秤は、果たしてどちらに傾くのだろうか。左右に揺れ動く天秤を見つめながら、また会議でも開くのか。そうこう悩んでいるその間にも、莉々に残された時間は、どんどん減っていくというのに。

「……っ」

「私、強いですよ」

藺の言葉が、悪魔の囁きのように、弱った心に、甘く心地良い響きを伴って染み込んでいく。副隊長という、隊員たちを統《す》べる立場の自分が取るべき行動ではない。焦って、作戦も立てずに単騎で敵に突っ込んでいくなど、どう考えても愚の骨頂だ。莉々や戒人にも、無茶をするなとは散々言われてきた。だが——。

蓮は、藺のその大きな目を、心の内の真剣な覚悟が伝わるようにと願いながら見つめた。彼女は、何も知らない。入ったばかりで右も左もわからぬ新人にこんなことを頼むとは、どう考えても先輩失格である。だが、まだこの組織の何にも染まっていないその存在だけが、蓮の心に唯一の救いの光を灯していく。

他に頼める者はいない。藺は、蓮の事情や、胸の内の葛藤など、まるで取るに足らないことだとでも言うような、余裕に満ちた表情で笑っている。もう、猶予《ゆうよ》はない。蓮は、すっかり汗ばんだ拳をぎゅっと握り締めた。

「……一緒に、来てくれるか？」

「はい！」

◆　◆　◆

莉々が隠した私書箱には、掌にちょうど収まるサイズの小さな小箱が一つ入っていた。それを持って、今度は大急ぎでＧＰＳを頼りにひた走ると、貧民地区の外れにある刑務所跡地に辿り着いた。いつの間にか時刻は夕暮れ時になっていたが、雨のせいで、視界はより暗い。そこは、紅椿のアジトになっているのか、それとも、潜入中にたまたま莉々がこの近くまで来てしまったのかはわからないが、廃墟の外には、見張り用のからくり兵、甲冑と朱鷺が一体ずつ待機している。どちらも刀式であるため、索敵範囲は狭い。

からくりの索敵範囲ぎりぎりまで近づいたところで、壁際に隠れた。ざあざあと降り注ぐ雨のお陰で、多少の音が掻き消されてくれるのはありがたい。からくりとの戦闘は、なるべく内部に気づかれぬまま終わらせて侵入しなければならないからだ。蓮は、水を吸ってすっかり重くなった前髪に滴る水を、撥水加工でびくともしない隊服の袖で乱暴に拭った。

「からくり兵との戦闘経験は？」

今更になって、蓮は少し後悔していた。白狼隊員になった繭の最初の任務が、蓮の隊規則違反の私情に付き合わされた挙げ句、いきなりからくり兵との戦闘とは。いくら繭が自分と同じＳ級だからといっても、新人には変わりないのだ。からくり兵との最初の戦闘では、蓮とてかなり手探りで対応したものだった。

「んー……直接はないですけど、模擬戦闘マシンでなら何万回と壊しました」

「……わかった。あの甲冑と朱鷺には、銃砲撃は装備されてない。動きはかなり速いが、索敵間合いは半径五メートルほどだ。今、奴らの索敵間合いのぎりぎりのところにいる。俺が、飛び出してまずは朱鷺のほうから倒すから、繭は俺の後ろで、援護を……って、おい！」

言い終わらないうちに、繭はいきなり朱鷺へと一直線に走り出した。蓮も急いでその背後から追いかける。気配を察知したからくりたちが、こちらに振り向き、刀を出して向かってきた。

繭が大きくジャンプして、刀を抜く。そのまま、下方で翼部分に小刀をびっしりと構えた朱鷺目がけて、大きく振り下ろした。朱鷺は、受け止めようと出した翼ごと、縦に両断され、ほどなくして爆発することなく静止した。蓮は、繭を背後から狙おうとした甲冑に居合いを放ち、深部に埋め込まれているコアを爆発させないよう破壊する。ものの数秒で、繭の記念すべき初戦闘は終わった。

「……」

「はーい、一匹目お掃除完了！　これが白狼での初仕事、かな？」

「……凄いな。あの固い朱鷺を一刀両断とは……。それに、よく自爆連動回路を避けて斬ったな」

刀式のからくりの装甲は、近接戦に耐えられるよう作ってあるのか、銃式のものよりもずっと固い。それを一太刀で両断するとは、最重量電磁刀・桜の威力もだが、それを軽々と振り回す繭の力も相当なものだ。それに、からくりのコアは自爆連動回路と繫がっていて、通常は、回路を傷つけずに破壊するのは至難の業であり、刀で斬る場合はかなり繊細な太刀捌《さば》きが要求される。それを最初の戦闘で見事にやってのけたのだ。剣の腕も確かだろう。速さと動体視力を武器とし、それに合わせて最軽量刀の牡丹を扱う蓮とは真逆の戦い方だ。繭の実力は、すでに新人隊員のレベルではなく、戦闘専門部隊の副隊長職を任せるにふさわしいものだと認めざるを得ない。

「繭。おまえの実力は十分にわかった。それを見越して、頼みたい。中に入ったら、ある程度任せてもいいかな？」

そう言うと、繭はぱちくりと瞬きをしてから、嬉しそうに目を細めて笑った。

「えへへ！　蓮さんに認めてもらっちゃった。もっちろんです〜。じゃんじゃんやっつけますよ〜！」

「ありがとう。でも、無理はしないで。……行くぞ」

◆　◆　◆

蓮は、廃墟の、すでに機能をなしていない崩れかけた扉の隙間をするりと通り抜けた。息を潜めながら、内部をぐるりと見渡す。コンクリートの床はところどころ崩れ、照明はなく、明かりは、小窓から僅かに漏れ入る外光を頼るのみだ。刑務所だった頃の作りがそのまま残っている、鉄格子で仕切られた牢が並ぶ廊下を、奥へと進んでいく。

「あれ〜……なんか、臭うなぁ……」

「なんだ？　敵がいたか？」

蓮は、先ほどここへ来るまでの道すがらに聞いた繭の能力を思い出す。繭は、嗅覚を強化しているという。視界が悪い状況下では、聴覚の勇馬と並んで、嗅覚も索敵にはもってこいの能力だ。背後に付いてきていた繭が、足を止め、意識を集中するように目を閉じた。

「んー、この奥にちらほらいますね……寄宿舎を出る前に記憶した、その莉々さん……って人の匂いも混じってます。数は、一、二、三、四……四人〜、かなぁ？　あっちのほう」

「ってことは……敵は三人か？　よし……行こう」

「んーん、もう……」

繭がそう言った直後、頭上から突然殺気を感じて、蓮は繭の手を引き、急いで飛び退く。次の瞬間には、先ほどまでいた場所の鉄格子を、バキンと、ロザリオの刀が小枝でも折るかのような軽快さで斬り折っていた。

「……来ちゃったみたいですね」

繭が、急迫した場に似つかわしくない間の抜けた声で言った。刀を構え直したロザリオが、こちらを見て顔を盛大に歪め、間髪入れずに向かってきた。蓮が刀を抜いて構えるよりも速く、繭はロザリオに突っ込んでいき、走りざまに勢いをつけて抜き放った桜で応戦する。渾身の力で振るわれた二つの刀が、ガキンとぶつかり合う。その電磁衝撃波が、帯電した空気の風圧となって、離れた蓮まで飛んできた。

「こういうの、運命っていうのかな〜？　射愛……じゃなくて。……今は、犯罪者識別コード・

「ロザリオさん……って呼んだほうがいいかなぁ。っていうか、まだ持ってたんだね、そのぼろいロザリオ。いい加減、捨てちゃえばぁ？」

どこか引っかかる物言いをする繭に、ぎくりと眉根を寄せ、開いた目に一瞬だけ悲壮の色を滲ませたロザリオは、隙を突かれて繭に圧され飛び上がった。すかさず、繭は後を追いかけていく。

「繭！　ちょっと待て、どういうことだ？」

いかにもこのロザリオと顔見知りであるかのような雰囲気に、蓮は戸惑いながら声を掛ける。

「昔の因縁ですよ。こっちは私がやるんで、蓮さんは、あっち、お願いしま～す」

ロザリオに標的を定めたらしい繭は、蓮の静止を聞かずに後を追っていく。目の前で彼女の強さを見せつけられた今、迷っている暇はない。ロザリオを任せ、先ほど繭が「匂いがする」と言った方角を、蓮はさらに奥へと走った。

薄暗く湿気った廊下の突き当たりの壁から、ぼんやりと光が射し込んでいる。隠し扉だろうか。扉を開けると、その奥には、ちらちらと僅かに照明が灯されていた。ふと鼻腔を抜ける甘い香りに、蓮は眉をひそめる。ずらりと並んだ牢屋の最奥に、檻の中に閉じ込められた莉々を見つけた。

「あれ……もう来ちゃったんだ。早いね～」

全面コンクリートで覆われた空間に、世間話でもするような、軽い調子で響く声。

「凛……」

檻に入れられた莉々の正面には凛、その檻の向こう側には、緑色の髪の毛の女……水簾の時にもいた、コードネーム【シャドウ】が無表情で佇んでいる。

「蓮!!」

錆《さ》びた鉄格子を片手で掴みながら、莉々が自分の名前を呼んだ。檻の周囲には、爆薬とわかるそれがこれ見よがしに散りばめられている。莉々の顔は、湧き起こる恐怖を隠しながら、気丈に振る舞おうとしているように見えた。ただ一直線に、蓮に向かって弱々しく伸ばされた腕。今すぐにでも、その手を取ってここから助け出さなければ。幼い少女が息も絶えだえに伸ばした手が、目の前の光景に重なり、蓮は胸を突かれた。いやに鮮明なその記憶を振り払うようにして、蓮は、檻の前でにんまりと笑っているからくりを睨み付ける。

檻の背後にいるシャドウがヒト型からくりであれば、こちらの分は悪い。シャドウというコードネームの由来は、今まで何度か現場で存在が確認されていたにも拘《かか》わらず、影のようにひっそりと行動し、その正体を眩ましていたからであった。水簾工場奇襲作戦での報告から、おそらくあの女はからくりたちの上役《うわやく》にあたるだろうと聞いていた。ということは、もし彼女がヒト型からくりであれば、実力は凛よりも上である可能性が高い。

一瞬のうちに思考を巡らすも、状況はどう考えても良いとは言えない。凛は、いつものように、服の袖から椿の花を取り出し、むしり始めた。

「あれ、案外余裕だねぇ……何考えてるの？」

ぶちりと、乱暴な手つきで花びらをむしりながら、凛は愉悦に歪んだ顔で蓮を見据えている。

「凛……お願いだ。莉々を、解放してくれ」

「はぁ？」

おもむろに、ポケットに忍ばせていたもの……莉々が紅椿から奪ったという小箱を取り出して、掲げて見せた。それを見て、莉々はさっと顔を曇らせた。

「駄目！　蓮、それは……!!」

「これを、莉々がおまえたちから盗んだから、今こうして捕えられているんだろう？　なら、これを返す。俺は、中身を見ていない。この中に何が入っているかも知らない」

「へ〜、これはこれは！　わざわざ返しに来てくれて、ありがとー」

まるで茶番でも演じているように巫山戯た調子で言いながら、凛は、蓮の持つ小箱につい、と手を伸ばす。だが、蓮は咄嗟に手を引っ込めて距離を取った。条件に同意してもらっていない以上、まだこれを渡すわけにはいかない。

「……ねえ、早く渡して？」

「人質の解放は？」

「は？　こっちが優位に立ってるの、わかってるよねぇ？」

そう言って、凛は後ろにいる莉々を見ないまま、背後に向けて一瞬で銃を構える。

「!!」

「あたし、この体勢でも、外さずに撃てちゃうよ。ま、外れても、爆薬に引火して一気にドカンだけど」

「……」

「ねえ、早くして？」

蓮は、ちらりと檻の反対側にいる女を見た。あの女は、先ほどから一切介入してこず、蓮のほうを見ようともしない。これは、凛にこの場を任せているということなのだろう。ならば交渉相手は凛ということだ。

「これを渡したら、莉々を解放してくれると約束してくれないか？　俺はこの後、おまえたちを追わないし、応援も呼んでない。ここに来たのは俺と、隣のブロックにいる繭の二人だけだ。彼女は、おまえたちのところのロザリオと交戦してる。それも、止めさせたいのなら今すぐ繭の刀も収めさせる」

慎重に交渉しなければ……今、凛を刺激してはいけない。目の前の彼女は、あの昔の凛とは違う。だが、彼女は凛だ。記憶がある。蓮は、ダメ元で、精一杯笑って見せた。昔、凛が安心すると言ってくれた自分の笑顔を見て、確かに存在した、あの優しかった日々のことを思い出し、情けを掛けてくれないだろうかと、祈るような気持ちで縋る。孤児院に来たばかりの頃、周囲になかなか馴染めずに一人ぼっちでいた蓮に優しくしてくれたのは凛だった。目の前の少女は、確かに優しい心を持っていたはずだ。

「ねえ……あんたのその態度……いい加減、反吐が出るのよね。キモチワルイ」

凛は、むしっていた花びらを、苛立ったような手つきで乱暴に口に入れ、かみ千切り、咀嚼し、飲み込まずに、べっ、と吐き出した。その無残な姿の花びらをぐちゃりと踏み潰し、にたりと微笑んだ。蓮は、その一連の挙動を見つめながら、背中に寒気が伝っていくのを感じた。

「……」

「あんたあたしのこと、舐めてんの？　……イラつくのよ。綺麗事ばっか並べて、何も知らない餓鬼《がき》が、狭い世界で知ったかぶっちゃってさ。自分が正義だって信じて、疑ってもいない。あたしのこと、心底軽蔑してる」

「そんなつもりはッ……」

「ないの？　なら、なんで正義のヒーローぶって、そんなダサイ服着てるわけ？　こないだもさぁ、急に説教してくるし」

「俺はただ……おまえを助けたいと思って」

「はぁ～？　なんであんたが、当然のように助ける側なの？」

(ちょっと力が入りすぎちゃって、逆に困ったような顔になってる、その一生懸命な笑顔が好きなんだもん)

かつての記憶が、ふつふつと脳裏に蘇っては消えていく。ずきずきと右目の奥が痛くなって

きた。ああ、まただ。

「ほらまた……その顔……その目よ……その目が一番大ッ嫌い！　あんたの、そのカワイソウなものを見るような、その目が……」

「凛……」

「本当にカワイソウなのは、あんたのほうだよ？　今から、あたしとあんたの立場を逆転させてあげるからね」

凛は、怒りのまま衝動的に、莉々に再度拳銃を向けた。

「なっ……止めてくれ！　おまえが憎いのは俺だろ!?　だったら……ッ!!」

「お願いしてるつもり？　ふーん。それが、人にものを頼む態度？」

卑下するような目で、凛は蓮を睨んだ。

「!!　お願いだ!!　許してくれ、何でもする!!　だから」

「へぇ……なんでも？　だったら、あんたが代わりに死ぬ？　この女の代わりに今、ここで。このあたしに、殺されてくれるの？　それなら、この女を放してあげてもいいよ」

本気の殺意を含んだ紅い目が、爛々と輝いている。本気で、凛……この目の前のからくりは、自分を殺そうと思っているのだということが痛いほど伝わってきた。

死ぬ……心の奥底に沈んでいた灰色の記憶が、色を伴って脳裏に浮かんでくる。

誰とも知らぬ大人たちに紛れ、粗末な食べ物を道端で漁りながら過ごした、色の無い日々。

孤児院に拾われ、そこで見つけた橙色の光。太陽のような眩しさで日常を灯してくれた少女に、蓮は初めて、生きていることの楽しさを教えてもらった。

だが、ある日突然、少女の光は消え、蓮の心は暗闇に閉ざされた。そこから、また少しずつ柔らかい光が射した。今度の光は、日だまりよりももっと薄い、月明かりのような柔らかい黄色い光だった。光は、蓮の心をそっと包みながら寄り添ってくれた。じんわりと、時間を掛けながらゆっくり暗闇を照らし続け、夜明けに導いてくれた人。

そうだ、本当なら、蓮はもう体も心も、とうに死んでいたはずの人間だ。体は、あの時凛に庇ってもらわなければ。心は、莉々が掬い上げてくれなければ。本当は、あのまま真っ黒な死に染められているはずの存在だ。

いったいどれくらいの時間が経ったのだろう。遠くで、藺が戦っているだろう、刀のぶつかり合う音が響いている。

「………わかった。それで莉々を救えるなら」

「!?」

蓮は、意外とすんなり出てきた言葉に、自分でも驚いていた。死を前にしているというのに、心は凪《な》いだように穏やかだ。

「それに、他の誰でもない、凛の手で殺されるなら……本望だよ」

それは確かに本心だった。悪に染まった凛を捕まえなければと思っていたが、心のどこかでは、今蓮が生きていられるのは、凛に助けられたからだと引け目を感じていた。凛は蓮の答えが意外だったのか、狼狽えたように目を見張った後、頭を押さえ、俯いた。

「……そっかぁ」

絞り出すように呟かれた声は、弱々しく木霊《こだま》して掻き消えた。

「優しいんだね。他人のために、簡単に死を選ぶなんて。わかった……わかったよ。やっぱりあたし……あんたのことが……」

凛は顔を上げ、にこりと綺麗に笑った。あの幼い頃の、日だまりのように温かな笑顔を浮かべた凛に、蓮は思わず見とれてしまう。気持ちが届いたのだろうか？　蓮は、縋るように無意識に手を伸ばす。

「だいっきらい」

ドンッ――。

耳を劈く大きな爆発音とともに、体が後方へ吹き飛ばされる。一瞬で視界はまばゆい閃光に包まれ、衝撃波に乗って肌を焼くような熱風が押し寄せた。蓮は両手で顔を覆うことさえも忘れ、ただその美しい橙色の視界、その真ん中に佇んで笑う少女を見つめていた。ひらひらと、爆風に舞い上がった花びらが、蓮の頬を掠めて焦げていく。

「あ……あ……り、りぃ……」

「木《こ》っ端《ぱ》微塵《みじん》ってやつかなぁ？　あははははっ……カワイソウだね、蓮？」

鋼鉄で作られた檻は無残に折れ曲がり、溶け出していた。周囲にあった燃料にも引火したのだろう、辺りは紅蓮《ぐれん》の炎に包まれている。先ほどまで莉々のいたその場所には、何も、ない。

ただ、燃え広がり続ける炎があるだけだ。

無意識に伸ばした左手は、ただ虚しく空《くう》を掴んだ。

からくり卍ばーすと下　紅き椿の葬列　に続く

巻末付録　世界観設定

本作の世界観について、現在判明している用語を中心に解説します。

○特殊警察部隊・白狼《はくろう》

軍事奉行所傘下の特殊警察部隊。白狼は通称名。所属する全員がバースト手術を受けた超人で、通常の警察では手におえない犯罪やテロ、反政府組織の排除を担当している。

隊員のほとんどが貧民階級の孤児である。また、バースト手術を受けた者は政府所属の「兵器」扱いとなるため、苗字を持たない。政府直属の孤児院からバースト適性のある者を募り、手術が成功すると白狼養成学校での訓練を経て各隊に配属される。

バースト階級や強化部位によって、零番隊から十三番隊までの十四の部隊に割り振られている。零番隊を除き、希望や能力値の変動により所属部隊を異動することもある。

○十三番隊

第一番隊		市政のパトロール巡回
第二番隊	風花	
第三番隊	入江	諜報活動・敵地潜入、工作活動
第四番隊		白狼隊員使用武器開発企業、要人の警備
第五番隊		防衛武器開発施設の警備
第六番隊		政府要人の警護
第七番隊	鳴子	バースト開発研究所の警備
第八番隊	昴	政府官邸の警備
第九番隊	流風	作戦立案部隊
第十番隊	伊吹	対からくり兵器掃討部隊
第十一番隊	弥一	
第十二番隊	左近	
第十三番隊	戒人	
第零番隊	拍	地下刑務所、地下霊園の管理・運営 戦闘後処理総括

令《れ》恩《おん》

※モチーフになったキャラクター（LEON）

総隊長を務める三十八歳の男性で、白狼を統括する司令官。元は第十三番隊の隊長を務めていたA級バースト。現在は前線に出ることはほとんどない。

戒《かい》人《と》

※モチーフになったキャラクター（KAITO）

十三番隊隊長の二十五歳の青年。S級バーストの上、第六感という特異な能力を持つ。特定の身体強化は行っていないが、その強さは白狼一を誇る。

蓮《れん》

※モチーフになったキャラクター（鏡音レン）

十三番隊の副隊長を務める十六歳の少年。バースト級はSランクで、その類希な才能から十二歳で白狼へ入隊した。八年前に右目を損失している。

勇《ゆう》馬《ま》

十三番隊に所属する二十歳の青年。元は鳴子率いる七番隊に所属していたが、半年前に異動してきた。バースト級はCで、腕力を重点的に強化している。

莉《り》々《りぃ》

※モチーフになったキャラクター（Lily）

三番隊に所属する二十四歳の女性。バースト級はCで、強化部位である味覚は高い精度を誇る。ただし戦闘は苦手のようだ。

繭《まゆ》

※モチーフになったキャラクター（MAYU）

養成学校卒業と同時に十二番隊の副隊長に就任した十五歳の少女。白狼史上三人目となるS級バースト。強化部位は嗅覚。

流《る》風《か》

※モチーフになったキャラクター（巡音ルカ）

九番隊を率いる二十五歳のA級バースト。白狼一の頭脳派で、隊長会議などの取り仕切りも担当している。強化部位は視力。

鳴《めい》子《こ》

※モチーフになったキャラクター（MEIKO）

七番隊を率いる二十五歳。バースト級はAで、強化された腕力でバズーカ砲を操る。隊員から「姉さん」と呼び慕われている。

拍《はく》

※モチーフになったキャラクター（弱音ハク）

特別隊・零番隊の隊長を務める二十六歳の女性。常に冷静沈着で無表情の謎多き人物。

十三番隊隊員

白狼最強部隊で、強力なバーストたちが所属している。隊員は隊長である戒人、副隊長の蓮以下、勇馬、恭、立夏、市松、新入隊員である青葉など。

八《はち》八《はち》花《ばな》

天才武器職人。中でも最高傑作と謳われる「花札シリーズ」は白狼幹部の強さの象徴で、隊員の憧れの的。武器の一部に名にある植物の文様が入っている。

武器名	所有者
松（電磁小型銃）	流風
梅（電磁小型銃）	流風
桜（最重量電磁刀）	繭
藤（電磁バズーカ）	——
菖蒲（電磁刀）	——
牡丹（最軽量電磁刀）	蓮
萩（電磁刀）	戒人
芒（電磁銃）	——
菊（電磁刀）	戒人
紅葉（電磁バズーカ）	鳴子
柳（電磁刀）	——
桐（電磁刀）	令恩

◯バースト開発研究所

バースト技術の研究を行う政府直営の研究施設で、外部は超電磁バリア・玉響、内部は白狼七番隊と強固で複雑な構造によって守られている。「ユリカゴ」と呼ばれるバースト生成装置（人工子宮カプセル）を使用したバースト手術及び、白狼隊員の定期健診や部位強化も行っている。第一～五階層に分かれており、最奥である第五階層は白狼でさえ立ち入りが禁じられている。

神威《かむい》 樂《がく》

※モチーフになったキャラクター（神威がくぽ）

第五階層研究主任を務める二十九歳の男性研究員。隊長級と十三番隊のバーストを担当する。オネエ口調が特徴だが、趣味ではなく演技。

歌《か》愛《あい》諭《ゆ》輝《き》

※モチーフになったキャラクター（歌愛ユキ）

齢十一にして第五階層研究室の研究員を務める天才少女。研究室の最年少でありながら一番のしっかり者で、神威の助手のような存在。

○要塞国家・トーキョー

超電磁バリアによって守られた都市国家。鎖国をしていた江戸時代を手本とし、高度な機械化とリサイクル技術を活用することで安定した循環システムを構築している。政治は一党独裁制だが、国民のバースト化推進派と慎重派で、党内に対立する派閥が発生している。貧富の差が激しく、人口の三分の一が貧民層にあたる。富裕層は富の象徴として和装を好む傾向にある。

銀咲大和《ぎんさきやまと》

※モチーフになったキャラクター（銀咲大和）

勘定奉行所長官を務めていた三十七歳の政治家。軍拡慎重派の派閥に属し、国民のバースト化に難色を示す政治家の筆頭。黒龍によって暗殺される。

氷山聖輝《ひやまきよてる》

※モチーフになったキャラクター（氷山キヨテル）

軍事奉行所長官にして、白狼の最高指揮権を持つ三十二歳の有力政治家。軍拡推進派のトップで、バースト技術の普及を強く推し進めている。

○反政府組織・黒龍《こくりゅう》

反政府活動を行う犯罪組織の一つ。政治関係者や大企業要人などを標的にした暗殺、違法薬物である疑似バースト薬・ブーストの拡散を行っている。構成員は黒いローブで身を包み、狐の面で顔を隠している。鬼の面を被っている者は上級構成員もしくは幹部と見られ、バーストである可能性が高い。

黄鬼

黒龍上級幹部といわれているバースト。黄色の鬼の面を被り、黄金色の電磁銃を所持している。

赤鬼

黒龍の上級構成員であるバーストで、級はAだと思われる。赤い鬼の面を被り、電磁刀を操る。

青鬼

黒龍の上級構成員であるバースト。青い鬼の面を被っている。電磁刀を操るスピードタイプ。

○反政府組織・紅《べに》椿《つばき》

武器や薬の製造、密売、強盗、施設破壊などの反政府活動を行うマフィア。八年前のバーストラボ襲撃事件以降、活動内容が単なる犯罪行為から反政府的なものへとシフトしており、それに伴って勢力を拡大してきた。初音がボスの座についてからは、戦闘においてはからくり機械兵を主戦力とし、貧民層出身の構成員には資源・資金集めを行わせている。

初《はつ》音《ね》美《み》紅《く》

※モチーフになったキャラクター（初音ミク）

二十六歳の若さで紅椿のボスを務める、からくりたちの生みの親。かつては、バースト研究の親である鏡音博士に師事した研究者だった。

芽《め》駒《ぐ》

※モチーフになったキャラクター（GUMI）

紅椿のヒト型からくり。美紅の側近として、身の回りの世話から作戦指揮、からくりたちの統括を務める。白狼からつけられたコードネームは【シャドウ】。

射《い》愛《あ》

芽駒の後任としてからくりたちをまとめるヒト型からくり。電磁刀・慈雨を操る。首に大きなロザリオを提げていることから【ロザリオ】の名で呼ばれる。

凛《りん》

※モチーフになったキャラクター（鏡音リン）

現場に椿の花が残っていることから、コードネーム【椿】と付けられたヒト型からくり。左目は前髪で隠されている。特殊銃・村雨で凄惨なテロを起こす。

手《て》斗《と》

※モチーフになったキャラクター（重音テト）

電磁ドリル・私雨を所持していることから【ドリル】の名を付けられたヒト型からくり。留湖を庇い左手を損傷。取引により黒龍へと引き渡された。

留《る》湖《こ》

赤と青のオッドアイを持つ、大柄で中性的なヒト型からくり。コードネームは【オッドアイ】。電磁刀を所持しているが、経験不足からか戦闘は苦手の様子。

○組織・人物相関図

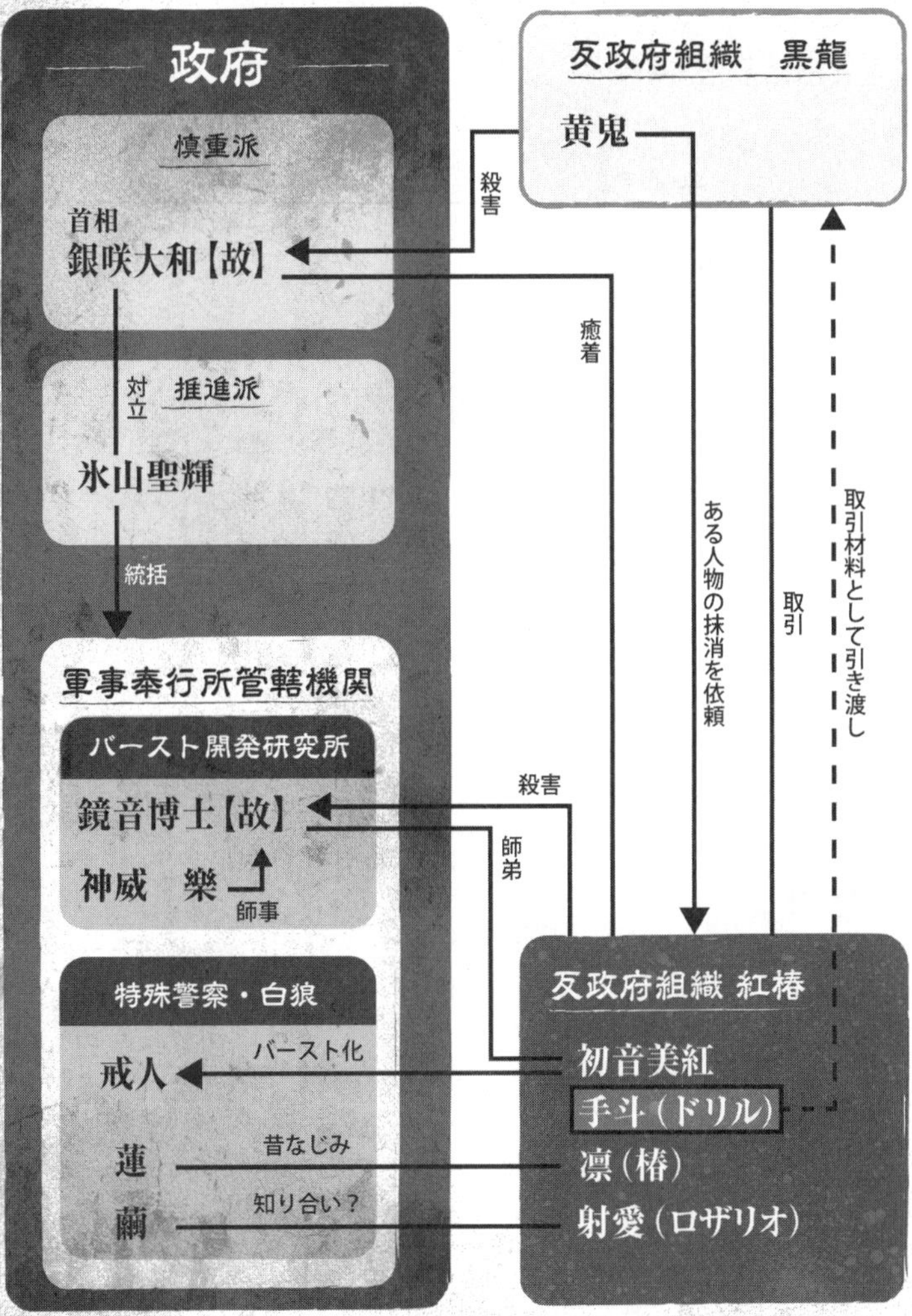

政府
慎重派
首相
銀咲大和【故】
対立
推進派
氷山聖輝
統括
軍事奉行所管轄機関
バースト開発研究所
鏡音博士【故】
神威　樂
師事
特殊警察・白狼
戒人
蓮
繭
反政府組織　黒龍
黄鬼
殺害
癒着
ある人物の抹消を依頼
取引
取引材料として引き渡し
殺害
師弟
バースト化
昔なじみ
知り合い？
反政府組織 紅椿
初音美紅
手斗（ドリル）
凛（椿）
射愛（ロザリオ）

○からくり兵器

刀式・甲冑(零式)

刃物武器装備、高機動、近距離戦闘特化型のプロトタイプ。西洋の甲冑のような姿をしており、両腕に刀を搭載している。

刀式・朱鷺(壱式)

刃物武器装備、高機動、近距離戦闘特化型のからくり。電磁刀、槍、鎖鎌など複数の刃物が搭載されている。装甲が厚く、防御力が高い。索敵範囲は半径5m程度。

銃式・蟹（弐式）

重火器装備、低機動、遠距離戦闘特化型のからくり。動きは遅いものの、銃砲、火炎放射機が搭載された高火力機。軽量化のため装甲は薄い。索敵範囲は半径10m程度。

両式・狐（参式）

朱鷺、蟹の複合・改良型。重火器、刃物武器をともに搭載し、なおかつ軽量化に成功した高機動からくり。攻撃力は朱鷺の3倍ほどになっている。索敵範囲は半径5m程度。

○用語集

■バースト

鏡音博士によって研究されたヒト人工進化技術のこと。焦土化した世界に対し、環境を人に合わせられないのであれば、人を環境に適応させるという観点から進められた。

本来一割程度しか使われていない細胞の潜在能力を開放するもので、遺伝子の二重螺旋を破壊(Burst)し、新たに生まれ変わらせる(Birthed)という意味で「バースト」と名付けられた。未だ成功率は半分ほどのため、一般への実用化には至っていない。バーストは能力の開放度合いに合わせてS〜Eまでの六段階に分けられるが、部位強化によって階級は変動する。

■リバース薬

バースト手術により活性化した細胞へエネルギーを供給する延命薬剤。バーストは定期的にこの薬を摂取しないとエネルギー枯渇を起こし、寿命が短縮していく。

■バーストラボ襲撃事件

八年前に起きた、反政府組織・紅椿によるバースト研究所及び隣接孤児院の襲撃事件。バースト研究者の鏡音博士が暗殺され、バースト手術を受けた多くの孤児たちが犠牲になった。この事件により、バースト研究所の警備体制が強化された。この際、蓮は右目と凛を失い、白狼に保護された。

■超電磁バリアシステム・玉響

第三次世界大戦時に開発された防御壁システム。対象物の周囲にドーム型の電磁バリアを展開し、外部からの攻撃を強力な電磁波エネルギーで中和する。要塞国家トーキョー全域のほか、政府官邸、白狼本部、バースト研究所に使用されている。

■第三次世界大戦

約二百年前に起きた大規模戦争。これにより地表のほとんどが焦土化・汚染され、生物の住めない環境になってしまった。玉響に守られた日本の首都・トーキョーをはじめとするいくつかの都市は奇跡的に危機を免れたが、それぞれが防御壁の外には出られない閉鎖都市となった。

●著者
ひとしずくP

●イラスト
鈴ノ助

●編集
遠藤圭子

●デザイン
スタジオ・ハードデラックス株式会社

●協力
クリプトン・フューチャー・メディア株式会社
ZERO-G
インターネット株式会社
エグジットチューンズ株式会社
株式会社エクシング
株式会社AHS
CAFFEIN
ツインドリル

●プロデュース
小野くるみ（PHP 研究所）

この作品は、楽曲「からくり卍ばーすと」（作詞：ひとしずくP／作曲：ひとしずくP・やま△）を原案にして制作されたものです。

キャラクターについて
「鏡音リン（カガミネリン）」「鏡音レン（カガミネレン）」とは
クリプトン・フューチャー・メディア株式会社が開発した、歌詞とメロディーを入力して誰でも歌を歌わせることができる「ソフトウェア」です。鏡音リンは大きなリボンを着けたブロンドボブヘアが特徴的な女の子、鏡音レンは短く後ろに結ばれたブロンドヘアが特徴的な男の子のバーチャル・シンガーです。2007年12月27日に最初のソフトウェアを発売しました。同ソフトウェアにはふたりの歌声が一緒に収録されています。同じソフトウェアとして、同社の発売した「初音ミク」があります。大勢のクリエイターが「初音ミク」で音楽を作り、インターネット上に投稿したことで一躍ムーブメントとなりました。「キャラクター」としても注目を集め、今では「初音ミク」「鏡音リン」「鏡音レン」ともにバーチャル・シンガーとして、グッズを展開したりライブステージに立ったりするなど、多方面で活躍しており、その人気は世界に拡がっています。「巡音ルカ」「MEIKO」「KAITO」もクリプトン・フューチャー・メディア株式会社が展開するバーチャル・シンガーです。
WEBサイト　http://piapro.net

「弱音ハク（ヨワネハク）」とは
「初音ミク」のムーブメントから派生して誕生したキャラクターです。2007年に「初音ミク」のソフトウェアが発売されたあと、匿名掲示板で「話題の初音ミクを買ったのはいいものの、まだ使いこなせなくて涙目になっているユーザーを弱音ハク（弱音吐く）と呼ぼう」（要約）という書き込みがあり、それをイラストレーター「CAFFEIN」がイラスト化したのが始まりです。2007年11月のことでした。その後、様々な人の手によって、インターネット上にイメージソングや二次創作イラストが投稿されるようになり、今では「初音ミク」関連のゲームやグッズにも登場しています。
作者ブログ　http://caffein89.blogspot.jp/

「重音テト（カサネテト）」とは
2008年3月に匿名掲示板にて有志の手によりエイプリルフールのジョークとして制作され、「架空のVOCALOID（ボーカロイド）」として動画投稿サイトであるニコニコ動画にデビューしました。その後、歌声合成ツール「UTAU」との出会いにより独自の音声素材が作成され、VOCALOIDと同じように歌うことのできるバーチャルシンガーとして歩み始めることとなり、現在では多くのファンの手によって、重音テトのイラストや楽曲、動画など様々な作品が日々生み出されています。
公式WEBサイト　kasaneteto.jp

※上記のキャラクターはモチーフであり、本書籍の登場人物のキャラクター設定とは異なります

からくり卍ばーすと 上
白き狼の閃光

2015年12月8日　第1版第1刷発行

著　者	ひとしずくP
イラスト	鈴ノ助
発行者	小林成彦
発行所	株式会社 PHP 研究所
	東京本部　〒135-8137　江東区豊洲 5-6-52
	エンターテインメント出版部　☎03-3520-9616（編集）
	普及一部　☎03-3520-9630（販売）
	京都本部　〒601-8411　京都市南区西九条北ノ内町 11
	PHP INTERFACE　http://www.php.co.jp/
印刷所	共同印刷株式会社
製本所	東京美術紙工協業組合

ISBN978-4-569-82748-3